中國新詩百年名家作品欣賞

陳 福 成 著

文 學 叢 刊
文史哲出版社印行

國家圖書館出版品預行編目資料

中國新詩百年名家作品欣賞 / 陳福成著. --
初版 -- 臺北市：文史哲出版社,民 111.01
頁； 公分 --（文學叢刊；452）
ISBN 978-986-314-586-8（平裝）

1.CST：新詩 2.CST：詩評

821.88 111000152

文學叢刊 452

中國新詩百年名家作品欣賞

著者：陳福成
出版者：文史哲出版社
http:// www.lapen.com.tw
e-mail：lapen@ms74.hinet.net
登記證字號：行政院新聞局版臺業字五三三七號
發行人：彭正雄
發行所：文史哲出版社
印刷者：文史哲出版社
臺北市羅斯福路一段七十二巷四號
郵政劃撥帳號：一六一八〇一七五
電話886-2-23511028 · 傳真886-2-23965656

定價新臺幣四六〇元

二〇二二年（民一一一年）元月初版

ISBN 978-986-314-586-8 10452

序：中國新詩百年名家名篇欣賞

這是一本欣賞中國新詩的隨筆簡記，不是針對新詩的學術研究專書。筆者以一個普通讀書人，雜七雜八的讀了很多現代詩，也像寫日記一樣的，寫了很多「現代詩」。只是記下當下個人的所感所見，抒情言志，如是而已，並無什麼高明之作！

因而，現代中國詩壇（大陸、台灣），自然是看了不少「名家」，名家所出也自然是「名篇」。當然，何謂「名家」或「名篇」，在我而言，也沒有嚴謹的定義，只是「出現率」高一些。例如，各類詩選文本、期刊雜誌、詩評家論述等，經常被提出來，想必那就是名家名篇了！

中國新詩發展至今，已超過百年多些，而這百年間，正好是中國最動亂的年代，尤其國共內戰給人民帶來許多苦難，詩人當然也受到「極可怕」的影響，反正「左右不是人」。因此，本書所提到的詩人們，都不談他們的政治背景，只談他們的詩，他們的詩給人感動的地方！

體例上特須一說，許多詩人從早期到七〇年代，跨過幾個世代，只擇其一個世代作品欣賞。如是，中國新詩百年名家名篇之詩人有：

第一篇：初期到一九三〇年代

胡適、朱自清、劉復、劉大白、郭沫若、田漢、冰心、徐志摩、聞一多、蔣光慈、戴望舒、李金髮、馮至、何其芳、王統照、蒲風、臧克家、艾青、高蘭、卞之琳、田間、光未然。

第二篇：一九四〇到一九五〇年代

力揚、穆旦、綠原、杜谷、辛笛、鄭敏、嚴辰、阮章競、賀敬之、傅仇、梁上泉、洪洋、流沙河、包玉堂、曉雪、饒階巴桑。

第三篇：一九六〇到一九七〇年代

郭小川、魏鋼燄、嚴陣、沙白、周良沛、黃翔、李瑛、蔡其矯、白樺、雷抒雁、葉文福、北島、駱耕野、寥寥、舒婷。

第四篇：台灣地區暨補遺

高準、紀弦、周夢蝶、墨人、余光中、楊喚、蓉子、洛夫、瘂弦、食指、吳奔星、文曉村、邵燕祥、覃子豪、鍾鼎文、牛漢、羅門、沙鷗、張志民、曾卓、公劉、王學忠、金土、海青青、吳明興、范揚松、方飛白、台客、綠蒂。

從一九八〇年至今，中國（含台灣地區）仍有很多新詩人在創作，只是筆者長期隱居南蠻邊陲小島，過著「養豬、種菜和寫作生活」，所得資料有限，更多的「名家」為筆者所不知！將探尋台灣詩人作品，另再補撰。

台北公館蟾蜍山萬盛草堂主人**陳福成**　誌于

佛曆二五六四年　公元二〇二一年十二月吉日

中國新詩百年名家作品欣賞

目次

第四篇 台灣地區暨補遺……二三九

第一篇　初期到一九三〇年代

1、胡　適

胡適（一八九一—一九六二），字適之。原名胡洪騂，安徽績溪縣人，一八九一年（清光緒十七年）陽曆十二月十七日生於上海。一九六二年二月二十四日，在台灣主持中研院酒會時，心臟病猝發過逝。

胡適生平著作很多。在文學作品這部份，除詩集《嘗試集》外，有話劇《終身大事》和短篇小說（翻譯）二卷。身後出版有《胡適之先生詩歌手跡》、《胡適的詩》，都是由他人輯成。

【詩選】

老　鴉

六年十二月一日，重讀伊伯生之《國民公敵》劇本，欲作一詩題之，是夜夢中作一詩，醒後乃並其題而忘之，出門見空中鴿，始憶夢中詩為「詠鴉與鴿」，然終不能舉其詞。因為補作，成二章。

（一）

我大清早起，
站在人家屋角上啞啞的啼，
人家討嫌我，說我不吉利——
我不能呢呢喃喃討人家的歡喜！

（二）

天寒風緊，無枝可棲，
我整日裏飛迴，整日裏挨飢——
我不能替人家帶著鞘兒翁翁央央的飛，
也不能叫人家繫在竹竿頭，賺一撮黃小米！

《新青年》第四卷二期上，民國七年二月。

胡適，大學者、大學問家，他不是詩人。所以他的詩很少（其他著作很多），也談不上能成為經典。之所以成為「名詩」，是因為立於中國新詩的「起跑點」上，得到必被重視的地位。這首〈老鴉〉算是不錯的詩，頗能引人深思。一九一六年九月六日，胡適有一首〈他（原註：思祖國也）〉

你心裏愛他，莫說不愛他。
要看你愛他，且等人害他。
倘有人害他，你如何對他？
倘有人愛他，更如何待他？

在這中國新詩誕生期，大家還在摸索，如《嘗試集》，胡適也仍在懷疑，到底是不是新詩？梁實秋就認為「新詩是用中文寫的外國詩」。這首〈他〉，不管是民歌或新詩，都有啟示性，深足反思！

2、朱自清

朱自清（一八九八—一九四八）。字佩弦，原名自華，號秋實，江蘇東海縣人。

他是新詩在嬰兒期重要開創者之一，一九二二年與俞平伯、劉延陵等辦《詩》月刊，是五四後最早的詩刊。

朱自清一九四八年病逝。他的作品匯編成《朱自清文集》四冊，於一九五三年出版，一九五七年再出版《朱自清詩文選集》。

【詩選】

光　明

風雨沉沉的夜裏，
前面一片荒郊。
走盡荒郊，
便是人們的道。
呀！黑暗裏歧路萬千，
叫我怎樣走好？
「上帝！快給我些光明罷，
讓我好向前跑！」
上帝慌著說，「光明？
我沒處給你找！

你要光明，
你自己去造！」

這首詩放在「嬰兒期」來欣賞，不失為一首很自然的詩。思維上很中國的，直接推翻「光是上帝創造」的，而是每個人自己去創造。這似乎也反應在他的現實生活中，他病逝前，經濟狀況很差，他堅持「寧可餓死，不領美國的救濟糧」，表現崇高的民族氣節。

3、劉　復

劉　復（一八九一——一九三四），號半農，江蘇江陰人。與胡適同是新詩最早作者之一，一九三四年赴綏遠考查方言和聲調，染病而卒。

他的詩集有《揚鞭集》、《瓦釜集》，另有《半農雜文》兩集，譯有《茶花女劇本》、《法國短篇小說集》。一九五八年有《劉半農詩選》出版。

【詩選】

一個小農家的暮

他在灶下煮飯，

新砍的山柴，
必必剝剝的響。
灶門裏嫣紅的火光，
閃著她嫣紅的臉，
閃紅了她青布的衣裳。

他銜著個十年的煙斗
慢慢的從田裏回來；
屋角裏掛上了鋤頭，
便坐在稻床上，
調弄著親人的狗。

他還踱到欄裏去，
看一看他的牛；
回頭向她說：
「怎樣了一
我們新釀的酒？」

門對面青山的頂上，
松樹的尖頭，
已露出了半輪的月亮。

孩子們在場上看著月，
還數著天上的星星，
「一、二、三、四……」
「五，八，六，兩……」（註一）

他們數，他們唱：
「地上人多心不平，
天上星多月不亮。」（註二）

一九二一年二月七日　倫敦

這首詩創作至今（二〇二一年十一月），已近一百零一年，就是放到二十一世紀也仍是很成功的新詩。感覺出「詩中有畫、畫中有詩」的情境，實在是典型的中國傳統農家樂的理想畫面。

在筆者記憶裡，這首詩也收錄在我上中學時的國文課本，所以筆者至今仍印象深刻。因為我的中學時代（一九六六到七一年），台灣農村生活正如這首詩，家裡煮飯仍用灶燒柴。

詩中數字是模仿幼童口氣，「地上人多心不平，天上星多月不亮」是江陰諺語。總的欣賞這首詩很有「田園」風味，純真、自然、活潑，相信再放一百年或二百年，依然新鮮。

4、劉大白

劉大白（一八八〇—一九三二）。原名金慶棪，後改姓劉，名靖裔，號大白，別號白屋，浙江紹興人。一生致力文學研究，特別是新詩理論的建立。

他的詩集有《舊夢》、《郵吻》、《白屋遺詩》等。其他有《中國文學史》、《白屋說詩》、《白屋文話》、《白屋詩話》、《中詩外形律詳說》（六冊）、《文字學概論》等。

【詩選】

郵吻

我不是不能用指頭兒撕，
我不是不能用剪刀兒割
　只是緩緩地
　　輕輕地
很仔細的挑開了紫色的信唇；
我知道這信唇裏面，
藏著她秘密的一吻。

從她底很鄭重的摺疊裏，
我把那粉紅色的信箋，
很鄭重地展開了。
我把她很鄭重地寫的，
一字字一行行，
一行行一字字地，
很鄭重的讀了。

我不是愛那一角模糊的郵印，
我不是愛那滿幅精緻的花紋，
　只是緩緩地
　　輕輕地，
很仔細地揭起那綠色的郵花；
我知道這郵花背後，
藏著她秘密的一吻。

在手寫情書的時代（電腦網路出現以前），情人之間書信往來都親手書寫。所以像「郵吻」這種情境，應是世界性的普遍現象，例如英文民歌〈Sealed with kiss〉。到了網路流行的現代，這種情境就消失了，情人不用拿筆寫字，只要「吻」手機就好了！

但劉大白的〈郵吻〉是創作於一九二三年，是一百年前的產物，如是表達情人間的愛意。在新詩的寫作上，極有開創性。

5、郭沫若

郭沫若（一八九二—一九七八），原名郭開貞，字鼎堂。一九二一年八月出版第一本詩集《女神》，一九七八年六月十二日去世。

他生平著作很多。詩集有《女神》、《星空》、《戰聲》等十四種。劇本有《卓文君》、《王昭君》、《屈原》等十一種，另有專書、翻譯等。

【詩選】

創造者

海上起著漣漪，
天無一點纖雲，
初升的旭日，
照入我的詩心。
秋風吹，
吹著庭前的月桂。
枝枝搖曳，
好像在向我笑微微。

吹，吹，秋風！
揮，揮，我的筆鋒！
我知道神會到了，
我要努力創造。

我喚起周代的雅伯，
我喚起楚國的騷豪，
我喚起唐世的詩宗，
我喚起元室的詞曹，
作「吠陀」的印度古詩人喲！
作「神曲」的但丁喲！
作「失樂園」的米爾頓喲！
作「浮士德悲劇」的歌德喲！
你們知道創造者的孤高，
你們知道創造者的苦惱，
你們知道創造者的狂歡，
你們知道創造者的光耀。
崑崙的積雪北海的冰濤；

火山之將噴裂宇宙之將狂飈；
如酣夢如醉陶，
神在太極之先飄搖。
偉大的曦星喲！
你們是永不磨滅的太陽，
永遠高照著時間的大海，
人文史中除卻了你們的光明，
有什麼存在的價值存在？

我幻想著首出的人神，
我幻想著開闢天地的盤古。
他是創造的精神，
他是產生的痛苦。
你聽，他聲如豐隆，
你聽，他吁氣成風，
你看，他眼如閃電，
你看，他泣成流瀧。
本體就是他，上帝就是他，

他在無極之先，
他在感官之外，
他從他的自身，
創造個光明的世界。

目成日月，
頭成泰岱。
毛髮成草木，
脂膏成江海，
快哉，快哉，快哉，
無明的渾沌，
突然現出光來。
月桂喲你在為誰搖擺！

嬰兒呱呱墜地了，
盆在哪兒？
湯在哪兒？
淋漓的血液，

染成一片胭脂。
紅的瑪瑙喲！
血的結晶喲！
風在賀歌，鳥在賀歌，
白雲湧來朝賀。
滾滾不盡的雲流喲，
把清瑩無際的青天流遍了！
產生你的是誰？我早知道。
窗外飄搖的美人蕉！
你那火一樣的，血一樣的，
生花的彩筆喲，
請借與我草此「創造者」的讚歌，
我要高讚這最初的嬰兒，
我要高讚這開闢鴻荒的大我。

原載《創造季刊》一卷一期，一九二一年十月八日。

郭沫若的詩，以早期最俱真性情為佳，越往後「政治味」越多，一九四九年後為政治而寫的作品，已經是一種「精神上的墮落」。

這首〈創造者〉，是早期的好作品，寫於一九二二年十月，為《創造季刊》創刊號的序詩。該刊是郭沫若、成仿吾、郁達夫等合組「創造社」所發行刊物。

這首七十二行長詩充滿積極的開創精神，被視為「五四精神」象徵。整首詩的意涵，吾以為可從兩方面解讀。第一、人類文明文化的普遍性特徵，各領域都是許多開創者的努力，文明文化得以創新前進，文學發展亦如是。例如，詩裡所說的，唐世詩宗、元室詩曹，乃至但丁、歌德、米爾頓……都是深值讚頌的開創者。

第二、中國新詩的誕生，也是當時詩人勇於開創所產生的新文學。這首詩的最後兩句，「我要高讚這最初的嬰兒，我要高讚這開闢鴻荒的大我」，就是指中國新文學體的初生，目前仍是「嬰兒」。嬰兒象徵希望、新生命的開始。

6、田　漢

田漢（一八九八—一九六八），字壽昌，湖南長沙人。他以戲劇家著名於世，抗戰時寫了很多「抗戰劇本」，包含話劇、電影劇本、越劇、歌劇等。

他的詩集只有一九二二年出版的《江戶之春》，但流傳極少，其他都是劇本，

《田漢劇作選》、《白蛇傳》、《西廂記》、《關漢卿》、《文成公主》、《謝瑤環》。他的詩雖少，在這中國新詩的起跑期裡，有不錯的質，也是一亮點。

【詩選】

七夕

十年七月七日夜，月明風清，和漱瑜妹坐戶塚練兵場小山上娓娓談故鄉事，歸時清露滿衣矣。

星河悄悄流
　月色涼如許！
草兒扶白露同眠
　蘆葉捉清風私語
茫茫的練兵場上
　輕輕籠著銀紗，
正搏搏地萬家村鼓
忽嗚——嗚地一列徵車！

念母弟之無依：
　願有翅而能飛。
話兒時的瑣事
　忘白露之霑衣。

雖同作異鄉的旅人
　也難得這樣佳的七夕，
誰把故國的村歌
　吹入那冷冷的玉笛？

田漢的主要成就在戲劇，但這首〈七夕〉的思鄉情境，可以和每個時代的讀者有共鳴。本來「七夕」是中國人的情人節，題記中的「漱瑜妹」，大概就是女朋友吧！或同鄉人。

「歌詞也是詩」。二〇一六年，諾貝爾文學獎頒給美國搖滾歌手鮑伯狄倫（Bob Dylan），因為他寫了很多動人的歌詞，如〈隨風飄揚〉（Blowing in the wind）。這個獎項被全球文學界質疑，是「政治因素介入」，但也說了「歌詞也是詩」，也是文學。

則，《義勇軍進行曲》的詞，是田漢在一九三五年所作（為電影《風雲兒女》主題歌詞）。歌詞也是詩，也間接證明，田漢的詩藝才華天成。

7、冰 心

冰心（一九〇〇—一九九九）。本名謝婉瑩，福建閩侯人。一九〇〇年十月五日出生在福州，一九九九年二月二十八日逝世於北京。取名「冰心」，來自「一片冰心在玉壺」。

冰心是最早用白話文寫作的女作家，主要成就和成名都是散文，作品不少被選入初中國文教科書，成為著名和有影響力的作品。一九三二年就編了《冰心著作全集》，有散文、詩、小說各一部，一九五一年後，又有散文集、兒童文學、散文詩等出版。

【詩選】

相 思

躲開相思，
披上裘兒

走出燈明人靜的屋子。
小徑裏明月相窺
枯枝——
在雪地上
又縱橫的寫遍了相思。

一九二五年十二月十二日

「相思」，基本上是男女相愛的專用詞，但這首小詩不似情人間的相思。另一種廣義的相思，是把山河大地、自然美景等，都當情人看待。

〈相思〉一詩，感覺甚為空靈、清淨，人在雪地裡，四境空無，只有枯枝和明月，宇宙間獨自一人。此刻的相思，已非對某人，而是宇宙人生的真相吧！

冰心有小詩集，《繁星》和《春水》，當時很受歡迎。因而，在中國新詩的「嬰兒期」，被認為有一段以冰心為主的「小詩時期」，也算是新詩成長早期小小的亮星。

8、徐志摩

徐志摩（一八九七—一九三一）。原名徐槱森，字志摩，又名章垿。浙江海寧硤石鎮人，他生於光緒二十二年十二月，但陽曆已到一八九七年元月十五日。一九三一年十一月十九日，因飛機失事遇難（上海到北平途中），全機無一生還。

徐志摩的詩集有《志摩的詩》、《翡冷翠的一夜》、《猛虎集》。遇難後近百年來，兩岸都出版過他的《全集》、小說、散文及他的愛情故事。

他以情詩著名於世，尤以寫給陸小曼的情詩最「性感」。他的代表作多，大家常提到的如〈再別康橋〉。本書選讀兩首感染力很強的情詩。

【詩選一】

別擰我，疼

「別擰我，疼，」
你說，微鎖著眉心，
那「疼」，一個精圓的半吐，
在舌尖上溜——轉。

一雙眼也在說話，
睛光裏漾起
心泉的祕密。

夢
灑開了
輕紗的網。

「你在哪裏？」
「讓我們死，」你說。

可以確定，這首詩就是他和陸小曼在房間內打情罵俏的親密關係，完全合乎極限情詩的三大標準「野、媚、俏」，更叫人心跳。徐志摩對愛情的追求是很堅決的，如下面這首詩。

【詩選二】

決　斷

我的愛：

再不可遲疑；
誤不得
這唯一的時機

一平秤——
在你自己心裡，
那頭重——
法碼都不用比。

你我的——
那還用著我提？
下了種，
就得完工到底。

生、愛、死——
三連環的迷謎；
拉動一個，

兩個就跟著擠。

老實說，
我不希罕這話，
這皮囊，——
那處不是拘束。

要戀愛，
要自由，要解脫——
這小刀子，
許是你我的天國！

可是不死
就得跑，遠遠的跑；
誰耐煩
在這豬圈裡撈騷？

險——
不用說，總得冒，
不拼命，
那件事拿得著？

看那星，
多勇猛的光明！
看這夜，
多莊嚴，多澄清！

走吧，甜，
前途不是暗昧；
多謝天，
從此跳出了輪迴！

這首詩和〈這是一個懦怯的世界〉一詩，「拋棄這個世界／殉我們的戀愛」，都有強大感染力、煽動力，真是「核能級」的情詩。這世間任何女子，若被徐志摩愛上，恐怕都「逃」不掉。

徐志摩把愛情當信仰，成為生死的選擇，大家始終覺得不妥。梁實秋先生曾說：「把自己的生命和前途，寄託在對『愛、自由、美』的追求上，而『愛、自由、美』又由一個美艷女子來做象徵，無論如何是極不妥當的一種人生觀。」

徐志摩是「理想主義的浪漫主義者」，他對愛情的追求，如〈決斷〉一詩之決斷，這是他的「愛情理想國」。或許因為「理想」，才合乎「完美」，成就這些幾近完美的情詩，流傳於後世。

徐志摩若如今之你我，怕批評，顧慮道德（徐志摩和陸小曼，一有婦，一有夫，公然談戀愛），想必就難有「極品」問世。這世間事，還真弔詭！

9、聞一多

聞一多（一八九九—一九四六）。原名家驊，又名多，一字多，又字友三。湖北浠水人。早年曾和羅隆基等人組「大江會」，提倡愛國主義，一生詩作也以愛國主義為特色，一九四六年七月十五日，遭暗殺而死。

他的詩集有一九二三年出版的《紅燭》、一九二八年出版的《死水》。身後由朱自清等編成《聞一多全集》（四冊），於一九四八年出版。

【詩選一】

祈禱

請告訴我誰是中國人，
啓示我，如何把記憶抱緊；
請告訴我這民族的偉大，
輕輕的告訴我，不要喧譁！

請告訴我誰是中國人，
誰的心裏有堯舜的心，
誰的血是荊軻、聶政的血，
誰是神農、黃帝的遺孽？

告訴我那智慧來得離奇，
説是河馬獻來的餽禮；
還告訴我這歌聲的節奏，
原是九苞鳳凰的傳授。

誰告訴我戈壁的沉默，
和五嶽的莊嚴？又告訴我
泰山的石霤還滴著忍耐，
大江黃河又流著和諧？

再告訴我，那一滴清淚
是孔子弔唁死麟的傷悲？
那狂笑也得告訴我才好——
莊周，淳于髡，東方朔的笑。

請告訴我誰是中國人，
啓示我，如何把記憶抱緊；
請告訴我這民族的偉大，
輕輕的告訴我，不要喧譁！

「誰是中國人？」這在清末民初，問題很大，許多中國人不知道自己竟是「中國人」。經過近百年的苦難「洗禮」，到了二十一世紀的現在，大陸和海外中國人，醒了！清楚的知道自己是中國人。而且，中國人的世紀到了，中國夢就要實現了！

現在問題最大是在台灣的中國人，從大漢奸李登輝開始「去中國化」，經大貪官陳水扁、大妖女蔡英文等，三十年洗腦。如今，年輕一代全然不知自己是中國人，不了解中國文化，若不盡快完成兩岸統一，可能會再禍延百年以上。

〈祈禱〉一詩有強烈的啟蒙作用，任何「正常的中國人」都會有共鳴，都會受到感染，這是這首詩可以被傳頌的原因。全詩引人反思和啟示，增強了自己的認同信念，更認同民族文化。

【詩選二】

一個觀念

你雋永的神秘，你美麗的謊，
你倔強的質問，你一道金光，
一點兒親密的意義，一股火，
一縷縹緲的呼聲，你是什麼？
我不疑，這因緣一點也不假，
我知道海洋不騙他的浪花。

既然是節奏，就不該抱怨歌。
啊，橫暴的威靈，你降伏了我，
你降伏了我！你絢縵的長虹——
五千多年的記憶，你不要動，
如今我只問怎麼抱得緊你……
你是那樣的橫蠻，那樣的美麗……

〈一個觀念〉看似很抽象，從頭到尾沒有提到中國或中華民族，只用鮮活的比喻，暗示「愛中國」就是我們必須要有的愛。不用教條或口號式，是這首詩成功之處，身為中國人，不緊抱中國，要抱哪國呢？

在筆者出版的每一本書封面內作者簡介，有「生長在台灣的中國人為榮」之言。弘一大師曾說：「人生有三難：遇明師難、得佛法難、生身中國人難。」筆者深有所悟，這一代的中國人（大陸）醒了！

10、蔣光慈

蔣光慈（一九〇一——一九三一）。原名蔣如恒，早期筆名蔣光赤，又名蔣俠僧，安徽六安縣人，最早提倡「革命文學」的作家之一，他一生也以「革命詩人」自居，一九三一年六月病逝於上海。

他的詩集有《新夢》、《哀中國》、《戰鼓》、《鄉情集》和長詩《哭訴》。小說有《麗莎的哀怨》、《田野的風》、《少年飄泊者》、《鴨綠江上》、《短褲黨》、《野祭》、《菊芬》、《最後的微笑》，一九五五年有《蔣光慈詩文選集》。

【詩選】

牯嶺遺恨

在雲霧瀰濛的廬山的高峰，
有一座靜寂的孤墳，那裏，
那裏永世地躺著我的她——
我的不幸的早死的愛人。

……

兩年來我也不知老了多少！
雖然我的年齡還輕——三十未到；
奈何我為著你總是深深地傷悼，

又活活地為著祖國的悲哀所籠罩！
……
讓我在生活中永遠地孤寂，
祇留著對於你的一番回憶。
讓我為著紀念你的緣故，
永遠守著我那革命詩人的誓語……

一九二八年十一月六日若瑜兩週年忌日

這首詩共有七十八行，本文節錄少許，作者追念愛妻宋若瑜，形式整齊，情感率真，並在悼亡中表達自己堅持作「革命詩人」的信念。愛妻早逝，自己也只活了三十歲，真是人間之悲痛！幸有一詩可以流傳紀念。

這首詩也寫得很感傷，「今到處是荊棘連天／旅行是這般地艱難／祇能遙遙地招魂……」。這是一九二八年的神州大地，國家不幸，人民更不幸！

11、戴望舒

戴望舒（一九〇五—一九五〇），浙江杭州人。一九二二年間開始寫詩，一九二九年出版第一本詩集《我的記憶》，三二年又出版《望舒草》，三七年兩者合成出版《望舒詩稿》。

一九四八年再出版詩集《災難的歲月》，一九五〇年二月哮喘病逝。一九八一年出版《戴望舒詩集》，收錄全部遺詩九十二首，他被稱象徵派。

【詩選】

雨巷

撐著油紙傘，獨自
彷徨在悠長，悠長
又寂寥的雨巷
我希望逢著
一個丁香一樣地
結著愁怨的姑娘。

她是有
丁香一樣的顏色，
丁香一樣的芬芳，
丁香一樣的憂愁，
在雨中哀怨，
哀怨又彷徨；

她彷徨在這寂寥的雨巷，
撐著油紙傘
像我一樣，
像我一樣地
默默彳亍著，
冷漠，淒清，又惆悵。

她靜默地走近
走近，又投出
太息一般的眼光，

她飄過
像夢一般的，
像夢一般的淒婉迷茫。

像夢中飄過
一枝丁香地，
我身旁飄過這女郎；
她靜默地遠了，遠了，
到了頹圮的籬牆，
走盡這雨巷。

在雨的哀曲裏，
消了她的顏色，
散了她的芬芳
消散了，甚至她的
太息般的眼光，
她丁香般的惆悵。

撐著油紙傘，獨自
彷徨在悠長，悠長
又寂寥的雨巷，
我希望飄過
一個丁香一樣地
結著愁怨的姑娘。

不知為何！絕大多數詩人較好的作品，都在早期初出道時，越往後的作品可能受社會化和政治影響，越難有真性情之作。包含戴望舒，他這首〈雨巷〉創作時，正是青春正茂的二十歲，成為他的成名代表作。

但卞之琳、呂進、余光中對這首詩都有優缺不同評論。詩寫春雨的淒婉迷茫，創造出一種朦朧夢境，感覺空靈的美感。不過余光中說「意境空洞」（《明報》一九七五年十二月），「空靈」和「空洞」差別很大！

12、李金髮

李金髮（一九〇一——一九七六）。本名李金發，又名遇安，也名淑良，廣東梅縣人。一九一九年赴法國留學，同行者有張道藩、郎靜山等六十七個青年。

他一九二〇年開始寫詩，受法國象徵派影響。一九二五年回國，三年內出版三本詩集，《微雨》、《為幸福而歌》、《食客與凶年》，以後未再有詩集出版。

【詩選】

心願

我願你的掌心
變了船兒，
使我遍遊名勝與遠海
迨你臂膀稍曲，
我又在你的心房裏。

我願在你眼裏
找尋詩人情愛的捨棄，
長林中狂風的微笑，
夕陽與晚霞掩映的色彩。
輕清之夜氣，

帶到秋蟲的鳴聲，
但你給我的只有眼淚。

我願你的毛髮化作玉蘭之蜂，
我長傍花片安睡，
遊蜂來時平和地唱我的夢；
在青銅的酒杯裡，
長印我們之唇影，
但青春的歡愛，
勿如昏醉一樣銷散。

所謂象徵派，只是對現實的一種浪漫反動，企圖把個人思線在瞬間藝術化。這其實是很不確定的，絕大多是語意不明，如暗示又如比喻，就像這首詩，只可欣賞，難以正確言說。

〈心願〉一詩原收在《食客與凶年》詩集，約作於一九二六年。詩中所呈現的核心意涵是什麼？心願是什麼？都欠缺鮮明的意象。但這就是象徵主義，朱自清曾評述說：「他的詩沒有章法、沒有意思、歐化等」。（均見《中國新文學大系・詩集》）

13、馮　至

馮至（一九〇五—一九九三）。原名馮承植，一九〇五年九月十七日，生於河北涿縣，一九九三年二月二十二日逝世於北京。是早期詩人中，少有的長壽。他的詩集有《昨日之歌》、《北遊及其他》、《十四行集》、《十年詩抄》等。詩以外，尚有小說、傳記等，一九八〇年出版《馮至詩選》收錄一百零二首。

【詩選】

南方的夜

我們靜靜地坐在湖濱，
聽燕子給我們講講南方的靜夜。
南方的靜夜已經被它們帶來，
夜的蘆葦蒸發著濃郁的熱情——
　我已經感到了南方的夜間的陶醉，
　請你也嗅一嗅吧這蘆葦叢中的濃味。

你說大熊星總像是寒帶的白熊，

望去使你的全身都覺得淒冷。
這時的燕子輕輕地掠過水面，
　零亂了滿湖的星影——
　　請你看一看吧這湖中的星象，
　　南方的星夜便是這樣的景象。

你說，你疑心那邊的白果松，
總彷彿樹上的積雪還沒有消融。
這時燕子飛上了一棵棕櫚，
唱出來一種熱烈的歌聲——
　請你聽一聽吧燕子的歌唱，
　南方的林中便是這樣的景象。

總覺得我們不像是熱帶的人，
我們的胸中總是秋冬般的平寂。
燕子說，南方有一種珍奇的花朵，
經過二十年的寂寞才開一次——

這時我胸中忽覺得有一朵花兒隱藏，
它要在這靜夜裡火一樣地開放！

一九二九年，選自《北遊及其他》

馮至按寫詩時間，分早中晚期，詩壇上最受肯定的，還是到一九二九年為止的早期作品，含這首〈南方的夜〉。魯迅和何其芳都有很高評述，是最傑出的抒情詩人。

這首詩傾述詩人追尋一種「理想國」，有浪漫唯美的夜景，給人柔情似水的情境，新詩早期也算是光彩亮麗的詩章。高準認為，馮至若無中晚期詩作，現在給人的印象會更高。

14、何其芳

何其芳（一九一二—一九七七）。原名何永芳，一九一二年二月五日，生於四川重慶萬州區，一九七七年七月二十四日逝世於北京。

何其芳於一九三六年與李廣田、卞之琳合出詩集《漢園集》，他的部份稱《燕泥集》，一九四五年出版詩集《夜歌》，次年又出版《預言》。一九五二年有詩集《夜歌與白天的歌》，以後很少寫詩。身後有《何其芳選集》三冊問世。

【詩選】

預言

這一個心跳的日子終於來臨！
你夜的歎息似的漸近的足音，
我聽得清不是林葉和夜風的私語，
麋鹿馳過苔徑的細碎的蹄聲！
告訴我，用你銀鈴的歌聲告訴我，
你是不是預言中的年輕的神？

你一定來自溫郁的南方！
告訴我那兒的月色，那兒的日光！
告訴我春風是怎樣吹開百花，
燕子是怎樣癡戀著綠楊！
我將合眼睡在你如夢的歌聲裡，
那溫暖我似乎記得又似乎遺忘。

請停下，停下你長途的奔波，
進來，這兒有虎皮的褥你坐！
讓我燒起每一秋天拾來的落葉，
聽我低低唱起我自己的歌！
那歌聲像火光樣沉鬱又高揚，
火光樣將落葉的一生訴說。

不要前行，前面是無邊的森林：
古老的樹現著野獸身上的斑紋，
半生半死的籐蟒蛇樣交纏著，
密葉裡漏不下一顆星。
你將怯怯地不敢放下第二步，
當你聽見了第一步空寥的回聲。

一定要走嗎？請等我和你同行！
我的足知道每條平安的路徑，

我將不停地唱著忘倦的歌，
再給你，再給你手的溫存！
當夜的濃黑遮斷了我們，
你可不轉眼地望著我的眼睛！

我激動的歌聲你竟不聽，
你的足竟不為我的顫抖暫停！
像靜穆的微風飄過這黃昏裡，
消失了，消失了你驕傲的足音！
呵，你終於如預言所說中的無語而來，
無語而去了嗎？年輕的神？

一九三一年秋

〈預言〉一詩是愛情詩，台灣地區一般叫情詩，但讀不出「情味」，典型的情詩如徐志摩，總有幾分「香艷」的性愛意涵，或有幾分「野、媚、俏」，這首詩都沒有。這是什麼情詩？

這首詩確實有豐富的情意，「年輕的神」應就是詩人的愛人。作者把對愛人的追尋理想化，創造了一個幽麗如夢的情境，讓人回味無窮。

何其芳早期作品受新月派和現代派影響。〈預言〉作於十九歲之年，不僅他自己認為得意之作，也是他的代表作。他在詩壇上的地位，就是到一九三七年為止的早期作品為主，其後〈回答〉一詩較佳，其他只是一些政治告白。

15、王統照

王統照（一八九七—一九五七）。字劍三，山東諸城相州鎮人。一九二四年印度詩人泰戈爾來華講學，由王統照、徐志摩和林徽音同任翻譯事宜。

一九二五年出版第一本詩集《童心》，一九三三年再出《這時代》，次年與麗宣（郭安仁）等合出詩集《她的生命》；到四〇年止，每年出版詩集，《放歌集》、《橫吹集》、《繁辭集》、《江南曲》，主要寫倭國侵華之禍害，顯現強烈愛國主義。此外，他尚有不少小說、散文、論文等。

【詩選】

她的生命

第一段

熱流激漲在每個人的心中，
熱火燃燒在鐵輪的身旁。
五月，白晝眩耀著熱的光亮，
圍牆裏有壓倒一切的巨響。

旋轉，旋轉，一根皮帶栓住了生活，
力，機械，飛動，象徵了人生的榜樣
……

第六段

夜的都市——一張暗幕，在上面
　開放毒汁的花朵，
　爬行著狡惡的蜘蛛。
夜的都市——一張暗幕，在上面
　交織著迷蕩的色絲，
　映現出苦媚的骷髏。

夜的都市：一張暗幕，在上面
　滲透出苦痛的血痕，
　爆發火星的跳舞！

她也在繁華夜的暗幕之中：
　呻吟著爹、娘的創痛！
　憤恨著，聯合同伴們的扎掙！
向未來，懷孕著血嬰。
迅轉巨輪不息的飛行。

她也在繁華夜的都市之中：
　飛，追，碾碎，變化，創成，
　恰好凝合成她的生命！
　接，握，運轉，奔走，播動，
　機械的朋友是她的見證！

一九三三年初秋

王統照小說方面較著名，詩則少為人知。高準對他的詩評價很高，認為他詩中愛國主義和現實主義精神，溶匯中國古典文學，消化西方格律詩，可和聞一多並舉或超越之上，他應是三十年代最傑出詩人之一。

〈她的生命〉一詩作於一九三三年，是近二百行的長詩，本文僅節示少許。全詩作者有深刻的觀察，巧妙的技巧，寫出當年上海某工廠內，一個女工的悲慘身世、生活、工作細節和生命的希望。

整首詩分六段。從工廠生活的苦、農村破產、婦女淪入風塵、童工問題、人和機械、女工生活和她的希望。這是那個年代資本主義社會的普遍性現象，因而成為馬恩革命的溫牀。

16、蒲　風

蒲風（一九一一—一九四二）。本名黃日華，廣東梅縣人。他短暫的三十一年生命，之所以短命，是他瘋狂地、日夜不停，投入「國防文學」和「民族革命戰爭的大眾文學」運動，企圖喚醒人民抵抗倭國入侵，以致積勞成疾，一九四二年八月，歿於安徽天長縣的戰地。

他的詩集有《中國詩壇》、《茫茫夜》、《六月流火》、《生活》、《鋼鐵的歌唱》、

《搖籃歌》、《抗戰三部曲》、《可憐蟲》、《黑暗的角落裏》、《取火者頌集》、《創造者頌歌》，其他尚有論著、譯作等。

【詩選】

我迎著風狂和雨暴

哦！我復投身於炎夏的烘爐，
我歸來，我又復迎著風狂和雨暴！

哦哦！祖國，頭尾三年，
我離開了你的懷抱；
如今，我歸來，——
太空掀起了滾滾雲濤，
黯澹裏有閃電照耀；
悶熱衝起自地心，
響雷在天空，響雷也轟動在心頭。
我看慣，在小島、魔鬼在跳躍，
在海外，我聽慣太平洋的嘶吼！

如今，我帶回了發動機的熱和力，
我要把魔鬼當柴，
我要配足馬力喲，
我的力的總能，
要像那五大海洋的怒潮！
我不問被殘殺了多少東北同胞，
我要問熱血的中國男兒還多少！
我要匯合起億萬的鐵手來呵，
我們的鐵手需要抗敵，
我們的鐵手需要戰鬥！

戰鬥吧，祖國！
戰鬥吧，為著祖國！
不要怕別人的軍艦握住咽喉，
我們要鼓起氣力把這些穢物逐出胸頭！
——滾開那些穢物吧，
揚子江，大沽口，珠江，

我們要掀起鐵流群的歌奏！
天津，上海，威海衛，煙臺，
青島，福州，廈門，汕頭，
我們要讓每一粒細砂也都怒吼。
從雲南，從塞北，從四川，
我們的熱血男兒喲，誰願落後！
鐵的紀律維繫我們的行列，
來吧，我們的勝利，
建立在我們的頑強的苦鬥！

哦哦！北方早已捲起了雲潮！
哦哦！四方的雷電同在響奏！
——別讓悶熱冷卻在地心呵，
我歸來，我正迎著風狂和雨暴
怒吼吧，祖國
這正是時候！

像這樣的詩，通俗、激情、近乎戰鬥口號的吶喊，也有很兩極的評論。司馬長風說「滿紙血淚、毫不感人」，高準認為用於演講，應有相當地位。筆者以為，詩之流傳原因很多，有時和詩沒有很大關係，而是人和時代，那個時代需要這樣的詩和人，詩因而得到肯定。

當時中國必須動員全民力量，抵抗倭國入侵，蒲風的愛國主義運動是強大的精神力量。約一九三九年，他和女詩人于斐結婚。一九四一年又到皖北參加戰鬥，次年八月，積勞成疾而死，詩得以流傳使其精神長存。

17、臧克家

臧克家（一九〇五－二〇〇四），原名臧瑗望，山東諸城縣臧家莊人。二〇〇四年二月五日，逝世於北京，他大概是詩人中最長壽者，活了一百歲，世間少有！他是聞一多的學生（山東大學時）。

一九三三年出版第一本詩集《烙印》，到抗戰勝利時他出版很多詩集，《罪惡的黑手》、《自己的寫照》、《運河》、《從軍行》、《泥淖集》、《淮上吟》、《嗚咽的雲煙》、《泥土的歌》和長詩《古樹的花朵》。反映農民苦難，被譽為「農民詩人」，為抗戰時期主要詩人，一九五六年出版《臧克家詩選》，選入歷年主要作品。

【詩選】

從軍行：送珙弟上前線

今夜，燈光格外親人，
我們對着它説話，
對着它發呆，
它把我們的影子列成了一排。

為甚麼你低垂了頭，
是在抽回憶的絲？
有咀嚼媽媽的話，
當離家的前夕？

忽然你眉頭上疊起了皺紋，
一條皺紋劃一道長恨！
我知道，你在恨敵人的手
撕碎了故鄉田園的圖畫，

你在恨敵人的手
拆散了我們溫暖的家。

大時代的弓弦
正等待年輕的臂力，
今夜，有燈光作證。
為祖國你許下了這條身子。

明天，灰色的戎裝
會把你打扮得更英爽，
你的鐵肩上
將壓上一支鋼槍。
今後，
不用愁用武無地，
敵人到處
便是你的戰場。

一九三七年十二月十一日

我中華民族現在正走在復興的道路上，我偉大的中國已然崛起，百年前孫中山說「二十一世紀是中國人的世紀」，這個「中國夢」已將要實現。在這關頭上，西方列強恐懼啊！開始用「人權、民主」為武器，對我大中國展開制壓、攻擊，企圖利用「台獨偽政權」，製造中國的永久分裂！

我對照臧克家所處的一九三〇年代和現在二十一世紀初葉，兩個時代中國人的心態，竟都相當一致，即勇於對抗外來入侵者。中國人不侵略別國，但西方列強也休想再入侵中國一寸土地！

抗戰時，無數中國人「為祖國你許下了這條身子」，到了二十一世紀的今天，中國若要對干預「統一」的任何敵人下手，相信這一代中國青年也會「許下這條身子」，支持國家統一。因為國家統一的價值，高於一切！

18、艾 青

艾青（一九一〇—一九九六）。本名蔣海澄，，浙江金華人。一九三六年出版第一本詩集《大堰河》，三九年出版《北方》和長詩《他死在第二次》。

一九四五年出版《獻給鄉村的詩》，四六年再出版《黎明的通知》。五〇年代後雖有詩集出版，都已不如早期，逃不出詩人的「定律」：日子好過，當了官，有了權力，詩質就被「殺」掉了！

【詩選一】

雪落在中國的土地上

雪落在中國的土地上，
寒冷在封鎖著中國呀……

風，
像一個太悲哀了的老婦，
緊緊地跟隨著
伸出寒冷的指爪
拉扯著行人的衣襟，
用著像土地一樣古老的話
一刻也不停地絮聒著……

那從林間出現的，
趕著馬車的

你中國的農夫
戴著皮帽
冒著大雪
你要到哪兒去呢？

告訴你
我也是農人的後裔——
由於你們的
刻滿了痛苦的皺紋的臉
我能如此深深地
知道了
生活在草原上的人們的
歲月的艱辛。

而我
也並不比你們快樂啊
——躺在時間的河流上

苦難的浪濤
曾經幾次把我吞沒而又捲起——
流浪與監禁
已失去了我的青春的
最可貴的日子，
我的生命
也像你們的生命
一樣的憔悴呀

雪落在中國的土地上
寒冷在封鎖著中國呀……
沿著雪夜的河流，
一盞小油燈在徐緩地移行，
那破爛的烏篷船裡
映著燈光，垂著頭
坐著的是誰呀？

——啊，你
蓬髮垢面的少婦，
是不是
你的家
——那幸福與溫暖的巢穴——
已被暴戾的敵人
燒毀了麼？
是不是
也像這樣的夜間，
失去了男人的保護，
在死亡的恐怖裡
你已經受盡敵人刺刀的戲弄？

咳，就在如此寒冷的今夜，
無數的
我們的年老的母親，
都蜷伏在不是自己的家裡，

就像異邦人
不知明天的車輪
要滾上怎樣的路程……
——而且
中國的路
是如此的崎嶇
是如此的泥濘呀。

雪落在中國的土地上，
寒冷在封鎖著中國呀……
透過雪夜的草原
那些被烽火所齧啃著的地域，
無數的，土地的墾植者
失去了他們所飼養的家畜
失去了他們肥沃的田地
擁擠在
生活的絕望的汙巷裡：

饑饉的大地
朝向陰暗的天
伸出乞援的
顫抖的兩臂。

中國的痛苦與災難
像這雪夜一樣廣闊而又漫長呀！

雪落在中國的土地上，
寒冷在封鎖著中國呀……

中國，
我的在沒有燈光的晚上
所寫著無力的詩句
能給你些許的溫暖麼？

一九三七年十二月廿八日，夜間

「中國的路／是如此的崎嶇／是如此的泥濘呀……中國的苦痛與災難／像這雪夜一樣廣闊而又漫長呀！」這首詩之能流傳，是寫到一個時代全民的心聲，才會感動人。我相信，再二百年，這詩對中國人仍有強烈的共鳴，甚至警惕作用。

事實上，中國發展到今天是經過漫長崎嶇路的，才不過二十多年前，中國仍被美帝鎖住咽喉。然而，現在，我大中國之航母、北斗、導彈、太空科技，乃至經濟、政治及三軍武力，已足以在西太平洋讓美帝優勢全部喪失，中國武統台灣，美日敢出兵干預，鬼才相信，只有被澈底洗腦的台灣人相信！

【詩選二】

我愛這土地

假如我是一隻鳥，
我也應該用嘶啞的喉嚨歌唱：
這被暴風雨所打擊著的土地，
這永遠洶湧著我們的悲憤的河流，
這無止息地吹刮著的激怒的風，
和那來自林間的無比溫暖的黎明……

——然後我死了，
連羽毛也腐爛在土地裏面。
為甚麼我的眼裏常含淚水？
因為我對這土地愛得深沈……

一九三八年十一月十七日

這是艾青最著名的短詩，短短十行，意涵豐富的感情，可以成為他一生愛國愛鄉土的總結。死了，也死在自己的土地上，深情感動所有中國人。

艾青的詩流傳很多，如〈北方〉、〈他起來了〉都是名品，因為熱情歌頌中華民族「站起來了」，這從站起來到強起來，大約花了一百年。

19、高　蘭

高蘭（一九〇九—一九八七）。原名郭德浩，筆名黑沙、郭浩，黑龍江璦琿縣人。他一生致力於提倡朗誦詩運動，作品也都是朗誦詩，《高蘭朗誦詩》約有四本。有不少被譜成歌曲，在抗戰時戲劇演出，影響很大。

一九五一年出版詩集《用和平力量推動地球前進》，一九五六年出版《高蘭朗誦詩選》。

【詩選】

送別曲

朋友！
這不是感傷的別離，
且把哀愁付之高歌一曲，
讓你那年輕的臉，
激越的歌聲，
再留下更深的記憶。

今夜，
向燈火我們發誓，
朋友，
你邁開壯健的步履。

我們這來自遠方的，
苦難的一群，
為了戰鬥，我們才曾相聚，
為了戰鬥，我們又將別離。

一樣的明月白雲，
一樣的春風秋雨，
在祖國廣大的土地上，
那烽火燃燒處，
更有戰鬥號召著你！

去吧！朋友！
千千萬萬的同胞呼喚著你！
去吧！朋友！
我們是祖國戰鬥的兒女，
我們所渴求的是光明與勝利。

去吧！朋友！
為了戰鬥，我們相聚，
為了戰鬥，我們別離，
我們這來自遠方的，
還要回到遠方去！

這首朗誦詩作於抗戰初期，充滿豪情，很能激起同胞的愛國心，配合戲劇效果在大眾前朗誦，也能激發大眾熱情，是朗誦詩佳作。雖已事過境遷，相信經得起時間考驗，可以再流傳。

「具有普遍性意義」是筆者對這首詩的看法。所謂「普遍性」，是未來不論哪個時代，我神州大地若又有入侵者，必須鼓舞同胞起而應戰，念誦此詩，仍可激發出強大的愛國力量。

20、卞之琳

卞之琳（一九一〇—二〇〇〇）。曾用筆名季陵，江蘇海門人，二千年十二月二日逝世於北京，在早期新詩人中，算是很長壽。一九二九年入北大英文系，是徐志摩的學生。

他的詩集有《三秋草》、《魚目集》、《蘆葉船》、《慰勞信集》、《十年詩草》，都是一九四〇年前作品，此後很少寫詩。一九七七年出版《雕蟲紀歷》，自選歷年詩作七十首。

【詩選】

給西北的青年開荒者

你們和朝陽約會——
十裡外山頂上相見。
穿出殘夜的鋤頭隊
爭光明一齊登先。

荒瘠裡要擠出膏腴，
你們向黃土要糧食。
翻開了暗草的冬衣，
一千個山頭都變色。

把莊稼個別的姿容

排入田疇的圖案，
你們將用了人工
順自然豐美了自然。（註）

讓你們苦中嘗嘗甜，
土裡有甘草根，真好！
嫩手也生了硬肉繭，
一拉手，女孩子會直叫。

不怕鋤頭太原始，
一步步開出明天。
你們面向現實——
「希望」有這麼多笑臉！

原註：人工改造自然必須掌握自然規律。

一九三九年十一月二十七日

卞之琳早期作品，司馬長風曾評「蒼白晦澀」，認為內容太少，彫飾過多，索然無味等。高準也說此一批評，是深入的，但《慰勞信集》在當時新鮮且有特色。〈西北的青年開荒者〉是《慰勞信集》中一首，詩意清爽，充溢著陽光朝氣，也是用一首詩記錄一段歷史。

21、田　間

田間（一九一六—一九八五）。本名童天鑑，安徽無為縣開城橋人。一九三五年與鍾鼎文（番草，後到台灣）同船自上海到倭國留學，同年出版第一本詩集《未明集》，時年十九歲。次年又出版《中國牧歌》和《中國農村的故事》兩本詩集。

一九三八年底，到晉察冀任戰地記者，次年出版詩集《給戰鬥者》，到一九四二年間的作品風格，引起很大的「轟動」，可謂打破詩創作的一些原則。一九四九年後雖有詩集出版，已失早期光彩和動力。

【詩選】

給戰鬥者

在沒有燈光
沒有熱氣的晚上，

日本強盜
來了，
從我們底
手裡，
從我們底
懷抱裡，
把無罪的伙伴，
關進強暴的柵欄。
他們身上
裸露著
傷疤，
他們心頭
呼吸著
仇恨，
他們顫抖，
在大連，在滿洲底
野營裡，

讓喝了酒的
吃了肉的
殘忍的野獸，
用牠底刀
嬉戲著——
荒蕪的
生命，
饑餓的
血⋯⋯

一

光榮的名字
——人民！
人民呵，
站在蘆溝橋
迎著狂風，
吹起衝鋒號；

人民呵，
在遼闊的大地之上
巨人似的，
雄偉地站起！

二

……
我們立誓：
誓死
保衛中國。

在中國，
人民底
幼兒
需要哺養呀，
人民底
牲群

需要畜牧呀，
……
我們要活著，
——在中國！
我們要活著，
——永遠不朽！
……

六

……
我們
往哪裡去？
在世界上
沒有大地，
沒有海河，
沒有意志，

匐匍地
活著
也是死呀！

今天呀，
讓我們
死吧，
我們會死嗎？
——不，決不會！

我們是一個巨人
生活就要戰鬥，
高貴的靈魂，
寧死也不屈服，
伸出
雙手來，
迎接——自由！

光榮的名字，
——人民！
人民呵！
前面就是勝利。

人民！人民！
抓出
木廠裡
牆角裡
泥溝裡
我們底
武器，
痛擊殺人犯！

人民！人民！
高高地舉起
我們

被火烤的
……

七

在詩篇上，
戰士底墳場，
會比奴隸底國家
要溫暖，
要明亮。

一九三七年十二月二十四日，武昌。

這首很長的詩，打破了很多詩學上的創作原則。聞一多評論說「這詩沒有弦外之音、沒有餘韻、沒有含蓄、沒有回味、不是成功的詩。」「但它所成就的那點，是生活慾，積極絕對的生活慾、一片沉痛的鼓聲，在這大地上，」聞一多稱他是「時代的鼓手」。

也就是「一個強大的優點，打敗許多不強大的缺點」，成就這首詩，成為當時詩壇的特色，因而得以流傳不朽。這也再證明，詩創作沒有法則，唯一的法則是打破法則，這才是文學創作之王道。

田間後期作品「一敗塗地」，另有一個他自己錯誤觀念所造成。他認為寫好一首詩，一定要去念給不識字的農民聽，若有他們聽不懂，就換掉他們能懂的語言。如此，作品乃失去文化的光彩和藝術性。

高準的評述是正確的，把杜甫的詩念給小二學生聽，把英文莎士比亞念給只讀二年級英文的初中生聽，再照他們能懂的字詞改寫，還能有什麼文學？

高準認為「普及」的真意，是在提高無文化人群的水平，使他們有一定文化程度，有基本的欣賞能力。而不是放棄作品的水平，大家一起同歸於盡。

22、光未然

光未然（一九一三—二〇〇二）。本名張光年，湖北光化縣（今老河口市）人。他在一九三五年起以寫抗日歌詞和街頭劇著而出名，五〇年代時成為主要新詩創作者之一。

一九三九年時，他的〈黃河大合唱〉由冼星海譜曲，是他流傳最廣的作品，後來收在詩集《五月花》。〈河邊對口曲〉採民歌體寫成，開當時詩壇之先河。

【詩選】

河邊對口曲

張老三，我問你，
你的家鄉在哪裡？
我的家，在山西，
過河還有三百里。
我問你，在家裡，
種田還是做生意？
拿鋤頭，耕田地，
種的高粱和小米。
為什麼，到此地，
河邊流浪受孤淒！

痛心事，莫提起，
家破人亡無消息。

張老三，莫傷悲，
我的命運不如你！

為什麼，王老七，
你的家鄉在何地？

在東北，做生意，
家鄉八年無消息。

這麼說，我和你，
都是有家不能回！

仇和恨，在心裡，
奔騰如同黃河水！
黃河邊，定主意，

咱們一同打回去！
為國家，當兵去，
太行山上打游擊！
從今後，我和你，
一同打回老家去！

五百年來，日本一直要消滅中國，已發動過三次「亡華之戰」（明萬歷、清甲午、民國抗戰）。至今仍不死心，仍在企圖發動第四次滅亡中國之戰。

因此，筆者著書立說，至少已在十本書中宣揚本世紀「中國人之天命」，就是本世紀中葉前，先以核武消滅日本，收服該列島為中國之一省。或以大量炸彈丟入富士火山口，也能引爆使該列島全部沈沒，使倭人亡國亡種，從此地球上沒有「大不和民族」。

這首〈河邊對口曲〉是《黃河大合唱》組曲五首之一，寫日本侵略中國給人民帶來的苦難，歌頌我中華民族之偉大堅強。中國人應盡早消滅日本，亞洲才得以和平及安寧，日本列島在本世紀前必沈沒，沈於戰爭或大地震，真是因果報應！

第二篇　一九四〇到一九五〇年代

1、力　揚

力揚（一九〇八—一九六四）。原名季信，字漢卿，浙江青田縣人，與艾青是西湖藝術學院前後同學。一九四二年，長詩《射虎者》是他的重要力作，一九五一年改名《射虎者及其家族》。

他的詩集尚有《我底豎琴》、《給詩人》（歷年作品自選集），還有一些論文，一九六四年五月去世。

【詩選】

播　種

三月的天空
是海樣的蔚藍，

告知季節的布穀鳥
在殷勤地呼喚。

連接著的水田
像無數的湖沼，
在這清晨，
向我們展開
起裸而豐美的土壤。

由於它的哺養
我們才戰勝了饑寒；
由於它的哺養
我們才有歡樂的歌唱。

在大地剛蘇醒的時候，
我們就從
墊著穀草的床上起來，

戴上手編的麥草帽，
捲起衣袖和褲管，
帶著種子
走入親密而膩滑的水田。
我們播種，
呼吸著溫暖的陽光，
我們播種，
前額上淌著汗珠。

我們為什麼
要這樣辛苦呢？
因為一粒種子播在土地上，
我們將收穫著
千百顆的穀粒。

看著那金色的種子
帶著我們的希望，

在耀閃的陽光中撒落，
我們又是感覺到
怎樣的快樂，
怎樣的美麗！

但在那遼遠的
被敵人踐踏著的國土上，
我們是不如此播種的——
在那裏，
我們用血來播種，

用生命來播種，
用鬥爭來播種。
而收穫的是——
我們來日的幸福與自由。

一九四〇年春，於巴

選自《我底豎琴》，詩文學社一九四四年九月版。

力揚的詩，以長詩《射虎者》為著名之作，屬於長篇敘事詩。高準認為，長篇敘事詩是一種相當落伍的文學形態，敘事宜用小說表達。讀這種作品，高準形容「疲勞轟炸」，台灣詩壇也流行說「長詩是讀者的災難」。但像《奧德賽》數萬行長詩，豈不更恐怖的災難，不知歷史上是否有人讀完它？

這首〈播種〉也受詩評家高準肯定，是一首優美的抒情詩，詩句表達親切自然，像是詩人和農民一起在播種。最後兩段再與抵抗外患連接，顯現我們民族的奮發精神，具有鼓舞作用而不教條。

2、穆　旦

穆旦（一九一七—一九七七）。本名查良錚，與金庸（查良鏞）同一家族，浙江海寧人，九葉派詩人之一，也是著名翻譯家，譯有不少西方作品。

一九四五年出版第一本詩集《探險家》，一九四七年出版《穆旦詩集一九三九——一九四五》，四八年又出版《旗》。此後除譯作，未再出版詩集。

【詩選】

讚 美

走不盡的山巒和起伏，河流和草原，
數不盡的密密的村莊雞鳴和狗吠，
接連在原是荒涼的亞洲的土地上，
在野草的茫茫中呼嘯著乾燥的風，
在低壓的暗雲下唱著單調的東流的水，
在憂鬱的森林裡有無數埋藏的年代。
它們靜靜的和我擁抱：
說不盡的故事是說不盡的災難，沉默的
是愛情，是在天空飛翔的鷹群，
是憂傷的眼睛期待著泉湧的熱淚，
當不移的灰色的行列在遙遠的天際爬行；
我有太多的話語，太悠久的感情，
我要以荒涼的沙漠，坎坷的小路，騾子車，
我要以槽子船，漫山的野花，陰雨的天氣，
我要以一切擁抱你，你，

我到處看見的人民呵，
在恥辱裡生活的人民，佝僂的人民，
我要以帶血的手和你們一一擁抱。
因為一個民族已經起來。

一個農夫，他粗糙的身軀移動在田野中，
他是一個女人的孩子，許多孩子的父親，
多少朝代在他的身邊升起又降落了
而把希望和失望壓在他身上，
而他永遠無言地跟在犁後旋轉，
翻起同樣的泥土溶解過他祖先的，
是同樣的受難的形象凝固在路旁。
在大路上多少次愉快的歌聲流過去了，
多少次跟來的是臨到他的憂患；
在大路上人們演説，叫囂，歡快，
然而他沒有，他只放下了古代的鋤頭，
再一次相信名詞，溶進了大家的愛，

堅定的，他看著自己溶進死亡裡，
而這樣的路是無限的悠長的
而他是不能夠流淚的，
他沒有流淚，因為一個民族已經起來。

在群山的包圍裡，在蔚藍的天空下，
在春天和秋天經過他家園的時候，
在幽深的谷裡隱著最含蓄的悲哀；
一個老婦期待著孩子，許多孩子期待著
饑餓，而又在饑餓裡忍耐，
在路旁仍是那聚集著黑暗的茅屋，
一樣的是不可知的恐懼，一樣的是
大自然中那侵蝕著生活的泥土，
而他走去了從不回頭詛咒。
為了他我要擁抱每一個人，
為了他我失去了擁抱的安慰，
因為他，我們是不能給以幸福的，

痛哭吧，讓我們在他的身上痛哭吧，
因為一個民族已經起來。

一樣的是這悠久的年代的風，
一樣的是從這傾圮的屋簷下散開的
無盡的呻吟和寒冷，
它歌唱在一片枯槁的樹頂上，
它吹過了荒蕪的沼澤，蘆葦和蟲鳴，
一樣的是這飛過的烏鴉的聲音。
當我走過，站在路上踟躕，
我踟躕著為了多年恥辱的歷史
仍在這廣大的山河中等待，
等待著，我們無言的痛苦是太多了，
然而一個民族已經起來，
然而一個民族已經起來。

一九四一年十二月，選自《穆旦詩集》

〈讚美〉一詩，作於一九四一年，全詩是「不像讚美的讚美」，讚美通常只是錦上添花的美事。但這詩的讚美，從「說不盡的故事是說不盡的災難」，這不就是中國近代史嗎？如何讚美說不盡的災難？

以廣大的神州大地為背景，述說這大地上人民經過數不盡的災難，不僅沒有被打倒，而且整個民族醒了，起而奮戰，抵抗外患入侵。每段末行的「一個民族已經起來」一再重複，給人很大的鼓舞動力。

高準評價穆旦是四〇年代最傑出的詩人之一。他的詩題材廣泛，有像〈讚美〉對國家民族的展望，有對個人生命的抒懷及現實環境的感受。筆者以為，詩人最有價值的作品，還是在於對廣大人民群眾的關懷，若能「詩心即民心」便感動人之作。

3、綠原

綠原（一九二二—二〇〇九）。本名劉仁甫，筆名劉半九，湖北黃陂縣人。二〇〇九年九月二十六日，逝世於北京，八十六歲在那個時代也是高壽。

他的詩集有《童話》、《集合》、《又是一個起點》，一九八二年由人民文學出版社出版了《人之詩》。此外，尚有一些關於海涅、叔本華、盧卡奇、黑格爾等之譯、著，也是著名翻譯家。

【詩選】

驚蟄

當羊隊向棚柵辭別了曠野
當向日葵畫完半圓又寂寞地沉落
當遠航的船隻卸捲白帆停泊了
當城市泛濫著光輝像火災

從那沒有燈和燭的院落出來
我將芒鞋做舟葉
划行在這潮濕的草原上

草原上，我來了
好不好，你

　藍色的　海底泡沫
藍色的　夢的車輪

藍色的　冷谷底野薔薇
藍色的　夜底鈴串呀

呀，星……

星是被監禁在
　雲的城牆和
雲的樓閣裡去了

然而，星是沒有哭泣的呵
露水不是星底淚水呵

當星逃出天空的門檻
向這痛苦的土地上謝落
據說就有一個閃爍的生命
在這痛苦的土地上跨進

那麼，我想
——十九年前，茂盛的天空
那一片豐收著金色穀粒的農場裡
我是哪一顆呢

今天
我旅行到這潮濕的草原上來了
我要歌唱……

但我也要回去的
等我唱完了我底歌
等我將歌聲射動雷響
等我將雷聲滾破了
人類底喧嘩的夢……

選自《童話》，一九四二年。

〈驚蟄〉一詩作於一九四一年，時年十九歲，只有這個年紀的詩人，才有如此純真的作品。春臨大地，萬物初動，好像詩人從青少年變成青年，開始要面臨一個全新的世界那種心情。

綠原被高準評述「可能是四十年代最有才華的詩人」。第一本詩集《童話》出版才二十歲，他的詩有豐富想像力，童話意味很濃。台灣早逝的詩人楊喚作品，深受他的影響。（註：民國四十三年三月七日，楊喚要到台北西門町看電影，死於平交道上火車輪下，才二十五歲。）

4、杜 谷

杜谷（一九二〇—），原名劉錫榮，現名劉令蒙，江蘇南京人。一九四二年曾有詩集要出版《泥土的夢》，列入「七月詩叢」，因時局變遷未能出版，此後也未出版過詩集。

詩人從未在生前出版過詩集，在近現代的新詩人是很少有的，那麼他的詩又如何流傳？且在新詩史佔有一小塊席位！

【詩選】

泥土的夢

泥土的夢是黑膩的

當春天悄悄來到北溫帶的日子
泥土有最美麗的夢

泥土有綠鬱的夢
灌木林的夢
繁花的夢
發散著果實的酒香的夢
金色的穀粒的夢
它在夢中聽見了
孩子們的刈草鐮
和風車水磨轉動的聲音

它在夢中聽見了
潺潺的流水
和牝牛低沉的鳴叫

和布穀鳥催耕的歌
和在溫暖的池沼
划著橘色的槳的白鵝的戀曲

我們從南方回來的漂亮的旅客
太陽，正用它金色的修長的睫毛
搔癢著它
春風又吹著它隆起的乳房
它秀美的長髮
它紅潤的裸足
吹卷著
它的寬大的印花布衫的衣角

一天夜裡
曠野降下了滂沱的大雨
雨以它密密的柔和的小啼
不停地吻著泥土

激動地搖拍著泥土
熱情地撫摸著泥土

泥土從深沉的夢裡醒來
慢慢睜開晶瑩黑亮的大眼
它眼裡充滿了喜悅的淚水
看，我們的泥土是懷孕了

一九四〇年三月，成都

杜谷的作品和生平較少為人所知，一九四〇年代聞一多編《現代詩鈔》，入選了這首〈泥土的夢〉，後又編入《聞一多全集》，則流傳較廣。七〇年代香港編新詩選，也選入這首。

一九八一年，由綠原、牛漢合編的《白色花》選集，杜谷的詩入選六首，包含〈泥土的夢〉和〈我的葦笛〉。可見時間和歷史是公平的兩造，會留存好詩。〈泥土的夢〉是好詩，有豐富的想像力。「泥土是懷孕了」，放到現在也可以登「名句」榜。杜谷作品雖少，但詩才詩藝都很高，高準對他評價極好，他的詩還會在未來流傳下去！

5、辛　笛

辛笛（一九一二—二〇〇四）。出生在天津，原籍江蘇淮安，本名王馨迪，一九三五年清華大學外文系畢業。同年出版第一本詩集《珠貝集》。

一九四九年出版《手掌集》，是主要詩集。此後停筆在工商界任職，一九七九年與袁可嘉等合編《九葉集》。九葉是指四〇年代九人詩選：辛笛、陳敬容、杜運燮、杭約赫、鄭敏、唐祈、唐湜、袁可嘉和穆旦。

【詩選】

布　穀

布穀，布穀
你在呼喚些什麼
你是說割麥插禾
你是說百姓好苦

布穀，布穀

你在呼喚些什麼
我聽見過意大利的夜鶯
我聽見過英吉利的百靈
但我渡海而歸
暮暮朝朝
我只一心一意想著你
古中國的凡鳥

二十年前我當你
是在歌唱永恆的愛情
於今二十年後
我知道個人的愛情太渺小
你聲音的內涵變了

你一聲聲是在訴説
人民的苦難無邊
我們須奮起　須激鬥

用我們自己的雙手
來製造大眾的幸福
時至今日
我們須在苦難和死亡的廢墟中站起

也許是我錯
在聲音中
你像和杜鵑一樣是啼血的
你是我們中間的先知
是以血來化作你的聲音
化作也是我們的聲音
在田野上　溪畔林中
隨處你都召喚起一些人
一些懷有人民熱情的人
你不是孤單的
最後你來到頹廢濡沫的都市
靈魂警覺的

聽了你
於是也擾擾無休
他們一起宣誓說
要以全生命
溶出和你一樣的聲音

是的，人民的控訴
布穀，布穀
我知道你為了什麼
布穀，中國人民的代言者
你叫吧

一九四六年六月四日　詩人節在上海
選自《九葉集》

辛笛主要流傳的詩集是《手掌集》，第一本《珠貝集》似已無人提起。《手掌集》是一九四八年元月，由星群出版公司出版，曹辛之封面設計，是著名的流傳版本。《手掌集》中的一首〈航〉，約十年前尚刊在《揚子江》詩刊首頁（二〇一一年第五期）。可見好作品會永遠留在世人心中，讓我就想到，現在兩岸也有很多人在寫詩，但九成九以上的詩像斷續不連接的夢囈！別說大家看不懂，就是作者自己寫完，隔日也看不懂了，不知這詩寫來有何意義！

同樣是布穀叫聲，不同環境聽起來感受不一樣。數十年前，台灣有個《布穀》月刊，屬於兒童刊物。辛笛最早感受連接到愛情，但到四〇年代，正是中國的苦難，布穀叫聲成了中國人民的控訴，最後是中國人民的代言者。

其實「鳥叫就是鳥叫」，所有意涵都是人自己心境的轉變。在中國詩歌裡另一種叫也是著名的例子，在六朝樂府中的〈烏夜啼〉本是吉兆意象，人們聽之是喜兆之歌。但庾信等人反其意用之，把烏啼引作離愁孤恨之意，後世詩人一路引用，最後成了凶兆、不吉之象，這實在是很奇怪的事。

6、鄭 敏

鄭敏（一九二〇—）。女，福建閩侯人，由老師馮至引入文壇，九葉派詩人。一九三九年入昆明西南聯大哲學系，一九四八年她交印唯一的詩集《詩集一九四二——一九四七》，即赴美留學，到一九四九年四月，才在上海的出版社出版。

此後她零星發表少許詩作，出版的作品尚有《心象》、《尋覓集》、《早晨，我在雨裡採花》、《鄭敏詩選一九七九——一九九九》。

【詩選】

噢，中國

噢，中國！土地上滿蔓著莠草野藤，
運河裡沉澱著歷史的糟粕渣滓，
更加深今日的貧乏是祖先的窮奢，
那曾開滿牡丹的花園，鋪著紅蓮的池塘

更留給人們惆悵，太多的驕傲已被西方
的風吹醒，土地不再獻出果實，等待新文化的施肥
哦，你們可仍在蹉跎，遲疑
讓自己成為這樣的民族，營養於舊日光榮的回憶？

我們曾有過第一次的覺醒，噢中國，她的靈魂
終於從幽暗的寶座上走下，來到廣袤的大野
那裏樹木高舉自由的手臂。她旋舞，呵！新鮮的風喚

醒每一片樹葉，參加這個舞蹈，響應著西方的節拍

清晨，曾經是這樣可振奮的年代，甚至雛雀也勇
敢地躍上高枝，縱然未豐滿的兩翅帶給牠們死亡
牠們卻曾生活得比我們快樂、呵那忐忑於胸中的新的想象！
那孕育中的盛夏的美夢，飛入森林，沼澤反映出健壯的身影。

消失了！短促的，花似的希望，我們禁不住懷疑
噢中國！你的命運，阻撓你的力量這麼多！一分歷史就是一分束縛！
這化身成千百種的魔魅，不斷的給予我們折磨，
藏匿在每一個角落，甚至我們自己的血裏，可怕的仇敵！

每一次牠卻用假死換得我們的血的洗滌，
待我們將慶祝的花球紮好，她卻又在遠方站起，
無數次的歡呼，接著無數次的嘆息，
而且，看，西方和東方又開始了新的風雨。

噢，中國！當你還不能克服自己體內的困難，

來跳這個西方的舞蹈，牠曾經成了你的整個目標，
聽，從你的比鄰傳出何等殊異的音樂？這攪
擾了西方的舞蹈者，更令你學習的腳步蹣跚

降生了，奇異的嬰孩，他啼哭，猛地失去平衡，這世界掀起
懷疑的巨浪，恐懼的烏雲，也許是幸福的
開始？也許是不祥，是自敘，是沉滅……呵人類的前途……在這洶
湧的胸上？噢中國，一隻方解纜的小船，她應該向何處駛去？

雙重的障礙結成不解的連環，
你追求和諧，正當世界因跌入一個劇烈地轉
變，而失去和諧的希望，蒼白呵
一個貧血的民族，在兩個游渦中掙扎。

但是，你不會沉滅，你的人民第一次
助你突破古老的軀殼，第二次助你把自
衛的手臂舉起，第三次，現在，他們向
你呼喚，噢中國，覺醒！

這一次是自你的血液裏升出真的覺醒，
從靈魂的田予裏將隱
埋在泥土下的腐敗連根掘去
還有那些怠惰的雜草。

首先要建起一座廟堂，崇高而靜穆，
自廢墟遺跡中聳立，喚醒我們心頭假寐的美德
好像落日裏召回失散的鳥群的一株喬木，
然後用艱苦和忍耐克服你唯一的敵人——饑餓。

愛琴海上，圓滿與合諧的歌頌者已跌碎他的弦琴
印度洋邊，陷入不解的糾紛的正是那尋求圓寂
的民族，噢，中國，你成了唯一的屹然存在的古國，
甚至你，也正為了一個更透澈的復活忍受誕生的痛苦！

選自《詩集一九四二——一九四七》

這首詩是鄭敏最受注目的作品，下了工夫用心經營的詩篇，有豐富的意涵。但筆者讀起來，可以看成一部詩意的「中國近代史」。若將其詩語言換成真實科學語言，正是中國從清末以來政治改革的掙扎，中體西用？全盤西化？西方民主？馬列主義？中華文化要不要？？？一百多年，國家和人民都沒有目標，掙扎、掙扎……

在那迷失的年代，中國人不知道「我是誰？」自己的五千年都是空白，只好「響應西方的節拍」，回頭找尋自己的歷史，「一分歷史就是一分束縛」。往左不行，往右也不對，折磨了一百多年，「東方和西方又開始新的風雨」，政治不能解決，就拿出戰爭手段——內戰開打。

一九四九年後，中國分裂了，台灣搞「美化」，大陸搞「俄化」，中國人仍沒有找到全民認同的「國家目標」，「噢！中國，一隻方解纜的小船，她應當向何處駛去？」，「一個貧血的民族」，要掙扎到何時？

「但是，你不會沉滅」，無論這個民族如何掙扎，中國不會沉滅。夏商周亡了，中國仍在；秦漢亡了，中國仍在……宋元明清都亡了，中國仍在，「啊！中國，你成了唯一的屹然存在的古國」。地球上四大文明古國，三個亡了！中國永恆不亡！

這首詩在構句斷行方式，採用西方一些技巧，把一個名詞或形容詞，從中割開分置兩行，在中文是很不自然。例如「西方／的風、風噢／醒每一片樹葉、勇

／敢地、這攪／擾了西方、在這淘／湧的胸上、劇烈地轉／變、助你把自／衛的手臂、隱／埋在泥土下、圓寂／的民族」。這種分行法，不合中文閱讀，筆者從來不用！

7、嚴　辰

嚴辰（一九一四—二〇〇三年）。本名嚴漢民，筆名廠民、安敏，江蘇武進人。一九三四年起就曾在《詩歌月刊》、《現代》等刊物發表詩作，並曾創辦《當代詩刊》。一九五五年出版第一本詩集《晨星集》，收錄一九四一到一九五〇年間的詩三十九首。

他其他出版的詩集有《戰鬥的旗》（後增訂改《同一片彩雲下》）、《繁星集》、《青春的林子》、《紅霞集》、《山丹集》、《春滿天涯》。一九八一年又出版《玫瑰與石竹》。

【詩選】

祖　國

我們遠離開你，
卻更深刻地瞭解你，

更親切地感覺到你，
我們對你的愛更深，
對你的懷念更強烈，
我們和你緊緊擁抱，
沒有一秒鐘曾經分離。

從你那裏來的每一件禮物，
每一樣細小的東西，
即使一根針，一縷線，
一張報紙，一枝香煙，
對我們都異常珍貴，
帶給我們最大的鼓勵。

我們時時刻刻關心著，
從你那裏來的每一個消息，
即使我們並不熟悉，
由於從你那裡傳來，

對我們都同樣感到親切，
我們會把它到處傳遍，
一千次一萬次地回味。

我們遠離開你，
正為更好地保護你，
哪怕爬冰臥雪，
也堅決要把任務完成，
哪怕流血犧牲，
也都甘心願意。
——我們赤膽忠心
永遠堅貞地捍衛著你。

在冰天雪地裏，
想到你就不怕寒冷，
在艱難困苦的時候，
想到你就增長了勇氣。

為了你，我們樂觀前進，
為了你，我們一定勝利！

我們默默地懷念你，
心頭像春花一樣開放，
我們大夥兒談起你，
胸膛裏充滿了甜蜜。
你把我們的感情提高，
你使我們的人生美麗，
我們因你而光榮，
更要以千百倍的光榮給你。

海洋比不上你博大，
太陽比不上你光輝，
你的道路鋪向繁榮的未來，
你鮮艷的旗幟高高舉起。
呵，讓我們滿懷熱誠，

把你崇高地神聖的名字呼喚：
我們親愛的、至愛的
——祖國！

一九五一年七月二十五日
選自嚴辰《戰鬥的旗》，一九五二年。

嚴辰於一九五一年隨軍到朝鮮參戰，次年出版《戰鬥的旗》，半年內印了三版，在當時是發行很廣的詩集。他是五〇年代主要詩人之一，往後數十年在大陸詩壇也算「領導」級人物。

這首〈祖國〉就是寫在隨軍赴朝鮮之時，遠離祖國，人在朝鮮的情境和背景，用很平常的字詞和語氣，詩寫遠在異國參戰的戰士愛國熱誠，非常親切感人。

這首詩的成功之處，在以平常之心寫愛祖國如愛親人，因而有了普遍性功能。所謂普遍性，就是突破了時空地限制，放到任何時地來讀，一樣可以感動，感染愛國熱情，可以流傳很久！

8、阮章競

阮章競（一九一四—二〇〇二）。曾用筆名洪荒，廣東中山縣人。他以寫劇本開始走上文學之路，一九四三年曾發表《未熟的莊稼》、《糠菜夫妻》、歌劇《比賽》等劇本，一九四九年發表長篇敘事詩《漳河水》。

阮章競的作品最好的部份，是一九五六年後寫的一系列組詩，《新塞上行》、《烏蘭察布》、《勘探者之歌》等，受到茅盾的推崇。包含這首〈烏拉山麓下〉。

【詩選】

烏拉山麓下：鋼鐵大街之一

自古烏拉山麓下，
黃風漠漠老荒原。
昆都侖河水常枯，
草青無幾日，
風砂三百天。

晨霜重，風如箭，

牧人袖手不揚鞭。
地闊天空駱駝瘦，
銅玲搖不響，
嘴鼻噴青烟。

白草茫茫天昏昏，
黃河嗚咽千萬千！
天舒地展無邊遠，
春風飛花日，
從不到草原。

一朝紫霞從東起，
春光紅，草芽新。
紅白小旗象飛花，
一下飄滿了
蒙古大高原。

推土機聲壓倒狂風，
卡車闖破了風砂陣。
石毀天驚大地震，
丘陵被劈開，
山崗被削平。

馬蕭蕭，車轔轔，
機油人汗攪泥塵。
鋼鐵前頭古荒野，
履帶牙痕上，
鋼鐵街誕生。

一九五七年二月
選自《詩選一九四九——一九七九》，詩刊社編

阮章競寫詩和劇本的才華，是天生加自學，他出身貧寒，父親打魚為生，只上了四年小學，後在上海流浪，一九三五年碰到冼星海，在他指導下參加「抗日

救亡歌詠隊」。自學加上貴人的因緣，才走上文學之路。

他後來的成就算是很好的，雖然有些作品還是很「歌德派」，但中國新詩史百年來的發展，無論怎麼寫，他都有相當大的一席地位。像這首〈烏拉山麓下〉，著名詩評家高準就評述，其雄放的風貌，大有直追唐代邊塞詩人岑參的〈走馬川行奉送封大夫山師西征〉等詩之概。

依據高準考察，一九八五年出版的《阮章競詩選》，這首詩中「石毀天驚大地震」句，改成「石破天驚，河沸騰」，副題也刪除。高準認為不比原來好，前面已說「河水常枯」，則哪來「河沸騰」，故仍用原樣。

9、賀敬之

賀敬之（一九二四—），山東嶧縣（今棗庄市）人。（二〇二一年十一月初，上網查他似乎仍健在）。早年前用筆名艾漠，一九四一年以此名在《七月》發表詩作。此後數年他寫了最初詩集《鄉村的夜》（到一九五七年才出版）。

一九四五年，大型歌劇《白毛女》他是主要執筆人，一舉成名。之後的作品有歌劇《栽樹》和《泰洛正》、詩集《朝陽花開》、長詩《放聲歌唱》和《雷鋒之歌》。一九七九年有《賀敬之詩選》出版。

【詩選】

三門峽歌：梳妝台（註一）

望三門，三門開：
「黃河之水天上來」！
神門險，鬼門窄，
人門以上百丈崖。
黃水劈門千聲雷，
狂風萬里走東海。
望三門，三門開：
黃河東去不回來。
崑崙山高邙山矮，
禹王馬蹄長青苔。（註二）
馬去門開不見家，
門旁空留「梳妝台」。

梳妝台呵，千萬載，

梳妝台上何人在？
烏雲遮明鏡，
黃水吞金釵。
但見那：輩輩艄工灑淚去，
卻不見：黃河女兒梳妝來。

梳妝來呵，梳妝來！
——黃河女兒頭髮白。
挽斷「白髮三千丈」。
愁殺黃河萬年災！
登三門，向東海：
問我青春何時來?!

何時來呵，何時來？
——盤古生我新一代！
舉紅旗，天地開，
史書萬卷腳下踩。

大筆大字寫新篇：
社會主義——我們來！

我們來呵，我們來，
崑崙山驚邙山呆：
展我治黃萬里圖，
先紮黃河腰中帶——
神門平，鬼門削，
人門三聲化塵埃！

望三門，門不在。
明日要看水閘開。
責令李白改詩句：
「黃河之水『手中』來！」
銀河星光落天下，
清水清風走東海。

走東海，去又來，
討回黃河萬年債！
黃河女兒容顏改，
為你重整梳妝台。
青天懸明鏡，
湖水映光彩——
黃河女兒梳妝來！

梳妝來呵，梳妝來！
百花任你採，
萬里錦繡任你裁！
三門閘工正年少，
幸福閘門為你開。
並肩挽手唱高歌呵，
無限青春向未來！

一九五八年三月（選自《放歌集》）

註一　三門峽下不遠，有巨岩，如梳妝台狀，故名「梳妝台」。

註二　三門之一「鬼門」岩上，有石坑，狀如馬蹄印，相傳為大峡禹躍馬遺跡。

賀敬之從一九四〇年代的《白毛女》一舉成名後，到二十一世紀的今天，都是大陸詩壇重量級人物。數年前，筆者和河南安陽詩人王學忠（中國作家協會會員）有所連繫，知道賀老很樂意提拔後進。賀老若仍健在，現在大約快百歲了，他的「天命」很好。

人是環境動物，在環境裡求生，完全不受環境影響是不可能，除非躲進「桃花源」，永不露臉。「歌功頌德」不太過火就好，如這首詩，還算把握到「歌德」派的分寸，詩也很成功。

這首詩是一九五八年為三門峽水壩工程興建而寫。詩的氣勢可謂雄壯威武，甚至霸氣「責令李白改詩句」，不得不說詩人確實充溢著豪情壯志，才提高這首詩的境界。盡管三門峽工程最後沒有成功，但那不是詩人的責任和問題，詩人和他的詩仍是成功的。

詩句中「社會主義——我們來」，筆者心有所感，不吐不快。在一九五〇年代，大陸搞「俄化、馬列」，台灣搞「美化、民主」，顯示兩岸中國人仍在迷失，尚未找到「中國人要走的路」。時序要到一九八二年九月，中共召開「十二大」，鄧小平同志在致開幕詞說：「走自己的道路，建設有中國特色的社會主義，這就是我們總結長期歷史經驗得出的基本結論。」

中國要走的方向、道路（制度），到此算是確定，從小平同志改革開放至今不過四十年，中國已然「強起來」，已有能力反制西方列強的霸凌。預判不久兩岸會統一在「中國式社會主義」之下，這也是未來百年到二百年間，中國道路之基本方向。

10、傅　仇

傅仇（一九二八—一九八五）。本名傅永康，四川榮縣人，曾在四川的藏族自治州居住，後來他作品都和藏族森林風光有關，體現對山林的熱愛，因而有「森林詩人」之美譽。

一九五五年出版第一本詩集《森林之歌》，五六年出版《雪山謠》，五七年出版《伐木者》。之後尚有《赤樺戀》、《種籽、歌曲、路》、《鋼鐵江山》、《竹號》、《伐木聲聲》和長詩《珠瑪》。

【詩選】

阿斯滿：三個藏族小姑娘的故事

一

阿斯滿呵阿斯滿
你問我唱的哪一個阿斯滿？
阿斯滿呵阿斯滿，
我唱的是三個同名的阿斯滿。

森林蓋著的山谷裡，
三個寨子住著三個阿斯滿。
她們不是同胞三姊妹，
再也找不出這樣親密的小伙伴。

森林中的野櫻桃，
親眼看見三個阿斯滿的成長。

森林中的野白鴿，
它們都認得這三個小姑娘。

……

三

三個快活的阿斯滿。
不再是過去害羞的小姑娘。
她們常到工棚裡去玩，
成了伐木工人的小伙伴。

……

她們天天在森林裡玩，
看見一棵一棵大樹在往外飛翔，
她們急著地對樹講：
「小樹呵，你為什麼長得這樣慢？」

……
阿斯滿呵阿斯滿，
她們把心裡的秘密對我講。
阿斯滿呵阿斯滿，
我把她們的故事編成歌來唱。

阿斯滿呵阿斯滿，
我的歌和你們的心一樣已長了翅膀。
阿斯滿呵阿斯滿，
我唱著歌送你們走到理想的地方。

一九五六年五月四日於理縣米亞羅，選自傅仇《伐木聲聲》，曾收入《雪山謠》，一九五六，北京。

傅仇的詩作，幾乎全部遠離了現實社會中所有的政治情節，他似乎不是活在那個時代的人，而在自己的桃花源裡。他的時代（一九五〇到一九八〇年代），神州大地發生了許多驚天動地的大事件，在他的詩裡都看不到，他的詩只有童話和幻想。也許這個特色，詩得以流傳。

〈阿斯滿〉像是童話詩，寫三個從未走出森林的藏族小姑娘的動人故事，詩太長，本文只能節錄。故事簡單，生動活潑，又充滿青春朝氣，是一首清新又有特色的佳作。

11、梁上泉

梁上泉（一九三一—）。四川達縣（今達州市）人，他是有才華又多產的詩人，據高準統計，他出版的詩集多達十七種。他是山川派詩人，以神州大地的壯麗山河為創作對象。

他的詩集早期有《開花的國土》和《寄在巴山蜀水間》。文革前後有《我們追趕太陽》、《大巴山月》、《長河日夜流》、《山泉集》，及長篇敘事詩《紅雪崖》（後改編歌劇）。

一九七六年出版《歌飛大涼山》，七九年出版《春滿長征路》和《山海抒情》，一九八六年又出版《多姿多彩多情》。其他尚有《在那遙遠的地方》、《高原，花的海》等。

【詩選】

黃河，你告訴我

黃河，你告訴我，
你告訴我，黃河！

你從巴顏喀拉山出發，
由雪山草地流過，
直到遙遠的大海之邊，
揚起過多少滔天的洪波？

黃河，你告訴我！

洪波曾照過無數人影，
可照過窮盡你源頭的戰鬥者？
在星宿海高大的岩石上，
勘查隊員的名字又刻上多少個！

你告訴我，黃河！

為了把你的源頭追溯，
為了把你的脾氣捉摸，
他們幾次撫摸你的胸脯，
把你的心底深淺探索？

黃河，你告訴我！

他們按捺著饑餲，
日夜辛勤地跋涉，
曾幾次掬飲你的浪花，
飽餐那漫天的風雪？

你告訴我，黃河！

當他們過著艱苦的生活，

你可聽見過他們唱歌？
唱的是「黃河頌」，
還是「怒吼吧，黃河！」？

黃河，你告訴我！

當他們在你身旁宿營，
營帳裡閃耀著燈火，
可曾看見那些僵凍的手指，
在把你的秘密點破。

你告訴我，黃河！

當他們把新的發現填進圖表，
你是驚奇還是歡樂？
你是故意地大聲喧嚷，
還是輕輕地靜靜地流過？

黃河，你告訴我！
第一次叫你為人民造福，
你肯聽他們的分付麼？
再不讓你像無韁的野馬，
你肯聽他們的指揮嗎？

你告訴我，黃河！
與他們在一起的有六萬萬人，
緊緊拉著你的韁索，
作為新中國的河流，
你可懂得這個?!

……！

一九五五年三月——五月，鄭州——北京
選自梁上泉《開花的國土》，一九五七，北京

黃河是中國文明文化的發源創造者，因此是中國人的母親河。幾乎自古以來，中國詩人都會詩頌黃河，最神奇也是大家所知的李白「黃河之水天上來」。到了近現代，新詩人（含台灣地區）也會詩頌黃河，包含筆者，不僅詩寫黃河，更是此生至少要親臨黃河岸一次，這是許多中國詩人的願望。

詩評家高準對梁上泉很肯定，認定以祖國山河風物為主要吟詠對象的詩人，如傅仇、雁冀、公劉、滿銳、顧工、周良沛、高平、白樺等，但以梁上泉最為其中翹楚。他是五〇年代較有才華的詩人。如這首〈黃河，你告訴我〉，這詩深值流傳下去，對以後的中國讀者，仍有高度共鳴和啟示！

這首詩在形式上也有創新，以「黃河，你告訴我」和「你告訴我，黃河」，如是一再輪流求問，放在每四行一段的中間，鮮明而獨立出來，強化了閱讀和視覺效果。全詩英氣勃勃，有豐富的「革命浪漫主義」氣概，朗誦和閱讀都適合，這詩還會再流傳到後世。

12、洪　洋

洪洋（一九三二—），湖北武昌人，他長期在基層勞工中生活，很能體會底層人民的心情。五〇、六〇年代，他參與武漢長江大橋建設工程，也在武漢重型機床廠和長江航運公司工作，他的詩便以長江為對象。

我感到生為中國作家詩人，雖然近現代國家和人民受到不少災難，但災難總會過去；也有幸運的一面，中國版圖大，無數大山大河又有五千年文明文化，有無數材料可以發揮。和黃河有緣的寫黃河，與長江有緣的寫長江，還有邊塞、海洋、森林、草原、沙漠，千年寫不盡！

【詩選】

掀起你的波濤吧，揚子江

一

透亮了，透亮了！
灰白的江水透出了金黃。
看哪！高聳的黃鶴樓頂
閃耀著萬里朝陽。

盼望了多少個春夏秋冬，
鸚鵡洲的草枯了又長！

盼到了這個歡樂的年頭，
盼到了這個金色的早上！

數千年沉寂的古琴臺，
重又把高朗的琴弦拔響！
天下人盡是它的知音，
從蛇山到龜山湧起了和唱。

人群簇擁著、高歌著，
沿著蜿蜒曲折的漢水；
穿過了晴川閣、抱冰堂，
湧向你，湧向你，揚子江！

人群高歌著，舞蹈著，
湧向你，湧向你，揚子江！
他們舉起歡躍的腳步，
踏上了你的滔滔波浪。

二

驀然，我仰起頭來，
尋找古老的黃鶴樓；
黃鶴樓忽然變低了，
好像在我們的肩旁。

我憶起了古代的大詩人，
憶起了李白、杜甫和蘇軾，
他們好像也活轉過來了，
在這喜氣盈盈的早晨。

他們的眼裡流露著驚嘆，
他們的臉上漾起了微笑，
他們贊賞著英雄的後輩，
他們慶賀著美好的時辰。

他們眼裡沒有了憂愁，
他們臉上沒有了憤懣，
他們一齊放聲高歌，
唱出了新的豪放的詩句……

三

我珍貴地挪動腳步，
體驗著每一次新的激動，
我輕輕地摩擦著路面，
欣賞著每一寸灰色的水泥。

在這些凝結的水泥裡，
我尋找著各色各樣的腳印；
這裡有歐洲人、美洲人、非洲人……
這裡有紅、黃、黑、白人的影子。

這裡有過各式各樣的笑，

贊頌！驚詫！同情！
這裡有過各式各樣的眼淚，
感動！激越！盼望！

橋，友誼的橋呵！
你豈止越過這莽莽長江；
你正越過高山和大洋，
連接起地球上一切美好的心靈……

四

掀起你的波濤吧，揚子江！
用你金黃的浪峰和白色的浪花，
烘托起這座壯觀的橋梁，
應和著橋上人群的歡唱。
掀起你的波濤吧，揚子江！
迎接那第一列火車吧！

它剛從冰雪的滿洲里起程，
明天要開進繁花滿城的廣州。

掀起你的波濤吧，揚子江！
伴著古琴臺的弦琴，
和著古代詩人的節拍，
唱起世間最豪壯的贊歌！

一九五七年九月八日——十二日武漢
選自《長江文藝》一九五七年十月號

這是洪洋最著名的一首詩，歌頌武漢長江大橋落成的詩，雖都是歌頌，但詩人親自參加工程建設，這歌頌就更加不一樣，給人更多歡欣鼓舞之情。

全詩充滿熱烈的感情，尤其在方法上，把武漢附近的著名景點，如鸚鵡洲、古琴臺、蛇山、龜山、黃鶴樓等，溶入在詩句中，增加歷史感和親切感。

同時也把古代詩人，李白、杜甫和蘇軾也請來一起贊頌。「他們的眼裡流露著驚嘆／他們的臉上漾起了微笑……他們一齊放聲高歌／唱出了新的豪放的詩句」。

給人的感覺，是不光詩人在贊頌，古今詩人都共同贊頌！

長江和黃河是中國文明文化兩大發源地。黃河孕育北方文明如黃帝、堯舜禹湯文武等；長江孕育南方文明，如蚩尤、九黎、三苗、巴文化等。

13、流沙河

流沙河（一九三一—二〇一九）。本名余勛坦，四川金堂縣人，四川大學畢業。一九五六年出版第一本詩集《農村夜曲》，次年再出版《告別火星》。一九八二年出版《流沙河詩集》，在二十多年的「空白」中，其實他也寫了不少作品，由於政治原因未出版。

一九八三年出版《臺灣詩人十二家》，是大陸有關台灣詩人評論的第一本專書。這十二家是：紀弦、羊令野、余光中、洛夫、瘂弦、白萩、楊牧、葉維廉、羅門、商禽、鄭愁予、高準。

【詩選】

草木新篇

虞美人

不幸的紅顏，

有幸的紅花。
從來無花名呂后，
百姓愛憎分明。

梧桐

葉出聽夜雨，
葉落舞東風。
何必枝棲鳳凰，
但願身經斧鋸，
化作一張張的薄板，
嫁與一條條的直弦，
好將陽春的回憶，
去向人間彈奏。

牽牛花

左旋左旋左旋，
爬高爬高爬高。

種子入藥，
又名黑丑。

楓與銀杏

一個說秋天是紅色的，
一個說秋天是金色的。
畫家說秋天有各種色彩，
秋天說我沒有任何顏色。

一九七九年伏夏於沱江之陽
選自《流沙河詩集》，一九八二。

流沙河在一九五六年有〈草木篇〉，寫白楊、藤、仙人掌、梅、毒菌，給他帶來巨大的災難。一九七九年又創作〈草木新篇〉，後來都收錄在《流沙河詩集》，本文介紹新篇。

〈虞美人〉極短而強烈的諷刺詩，借虞美人（虞姬）被後世用為花名一事，詩鋒一轉到「從來無花名呂后」，影射這是「民心」，二者產生極大落差，給人很大衝擊。司馬遷在《史記・呂后本紀》評價她：「高后女主稱制，政不出房戶，天大晏然。刑罰罕用，罪人是希。民務稼穡，衣食滋殖。」但她誅殺劉氏皇室、人彘事件、冤殺韓信等，也被後世批評惡毒。

〈梧桐〉是「轉念」之作。杜甫詩云：「碧梧棲老鳳凰枝」，傳說梧桐專供鳳凰棲息，可見其高貴，但世風日下，只能受「身經斧鋸」。詩人轉念想到，梧桐也是製琴材料。因此「身經斧鋸」後，改「嫁與直弦」，發出樂音給人欣賞，不得不說詩人有豐富的想像力。

〈牽牛花〉短短四行極有深意，前兩行意象鮮明，暗示著「左旋、爬高」的痛恨。後兩行是左旋爬高者終於失勢，成為「黑丑」（中藥用為解毒物），把心中的痛恨統統瀉出去，大快人心！

〈楓與銀杏〉也有強烈的政治色彩，古今中外政治鬥法最常用的手段，就是把對手「抹紅、抹黑」，便可在一夜之間，使聖人成為過街老鼠，這是政治的可怕。

「秋天說我沒有任何顏色」，可以解釋人性本善，本來都純僕善良，都因各種利益之爭，主動或被動的改變了顏色。以上各詩都很有啟發性，這是流沙河的代表作。

14、包玉堂

包玉堂（一九三四—二〇二〇），已於去（二〇二〇）年四月二十八日逝世，享壽八十六歲。仫佬族人，本名祖堂，又名裕堂，曾用筆名夜光、山音等，廣西羅城仫佬族區沖眷屯人。一九五五年，他依據苗族民間故事寫了長篇敘事詩《虹》（一九五六年出版），從此進入詩壇。

之後他的詩集還有《歌唱我的民族》、《鳳凰山下百花開》、一九六三年與秦兆陽等合寫長詩《西津放歌》，《劉三姐》他是創作者之一。一九八四年自選集《回首壁》出版。

【詩選】

仫佬族走坡組詩

走坡的季節到了

園裡的芭蕉黃了，
樹上的棗子熟了，
河水呵變得清清的了，
楓葉呵變得紅紅的了，

年青人喲，
什麼火在你心中燃燒？

穀子收上樓了，
紅薯種下地了，
柴夠冬天燒了，
草夠冬天用了，
走坡的季節到了，
年青人喲，到坡上去了……

少女小夜曲

（明天，她將第一次去走坡）

午夜的夜光皎潔如銀，
屋邊的流水清澈如鏡，
沒有人語也沒有蟲聲，
啊，睡去的村莊多寧靜……

睡去的村莊多寧靜，
我卻不願熄掉床頭的小燈，
……

歌坡小景

這裡一雙戴著草帽的姑娘，
銀亮的草帽好像十五的月亮；
那裡一對打著油傘的後生，
紅艷的雨傘好像初生的太陽！

樹樹野果像珍珠滿山，
叢叢楓葉像團團火焰，
歌聲隨著蜜蜂的金翼，
飛到這邊又飛到那邊，

呵，美麗的山坡，
佈滿一雙雙情人，

歌聲像甜美的酒，
把情哥情妹們灌得醉醺醺……

選自《一九五七年詩選》

仫佬族是中國西南地區少數民族，九成聚居在廣西羅城縣，據一九七八年的人口統計，該族有七萬三千人左右。他們和漢人有密切往來，多數人通漢語。「走坡」是仫佬族青年男女的社交方式，主要功能是讓兩性在大自然裡談情說愛，並用唱歌表達。不論平時或節慶，男女青年在郊外相逢，不論識或不識，都可邀請對唱，雙方隨機唱和創作。（很類似客家民族男女對唱的情歌）過程中就增加兩性了解，滿意的很快修成正果。

包玉堂自己就是仫佬族人，這首〈走坡組詩〉寫出這個民俗活動始末，算是很精彩，詩很長只能節錄。也許像這種少數民族青年男女的愛情詩篇，在眾多新詩作品中是稀有的，詩得以流傳。

15、曉 雪

曉雪（一九三五—），本名楊文翰，白族人，筆名蒼洱星、柳池、秋泉等。出生在雲南大理洱海邊的喜洲城北村一個白族村莊。一九五二年進武漢大學中文系，五六年畢業。這年他寫了推崇艾青的詩歌《生活的牧歌》，於五七年七月出版。

此後他的詩集尚有《祖國的春天》、《採花節》。依網路查尋，他共有詩集、評論集二十八部，及《曉雪選集》六卷，也是著作等身了。

【詩選】

晨鴿

早晨，我看見兩個小孩
跑上古老的城牆
兩只小小的手揚起
一對白鴿飛向東方

白鴿飛過嫩綠的田野
飛到濛濛的海面上
太陽剛剛露出東山
薄霧中白帆剛剛開航

啊，淺藍淺藍的洱海
細白細白的沙灘
滿載鮮魚、水果的帆船
孩子向你們問候早安……

白鴿又飛回來
繞著千年屹立的三塔寺
繞著古老而又年輕的都城
繞著歡呼的孩子飛翔……

啊，白鴿，白鴿
白鴿載著早晨的陽光
載著和平、春天和幻想
飛翔在孩子們的頭上

〈蒼洱兩首〉之一，選自《一九五七詩選》

這是一首健康、明朗而清新的作品，詩從早晨兩個孩子放鴿開始，鏡頭隨著鴿子的飛翔，觀賞了大理洱海風光。特別是千年古蹟三塔寺也入鏡，這是愛鄉愛土之佳作。

曉雪是白族人，在一九五〇年代，幾乎所有作品都有政治意涵，或頌揚祖國，或禮贊人民，乃至痛批入侵的敵人，不說造反也談革命。像〈晨鴿〉這麼清淨的詩，就顯得「與眾不同」，給人不凡的感覺。

16、饒階巴桑

饒階巴桑（一九三五—）。藏族人，生於雲南德欽縣乎日林，年輕時參軍，也當過活佛的僕役。所以他的作品大約寫藏族人民生活，反映部隊生活風貌，抒懷祖國風光等。其筆觸細膩，情感真摯，體現對神州大地的熱愛。

他的詩集有一九六〇年出版的《草原集》，一九八二年《鷹翔集》。其他代表作尚有：《牧人的幻想》、《金沙江邊的戰士》、《步步向太陽》、《愛的花瓣》、《棘葉集》、《石燭》。

【詩選】

母親

我吸吮著母親的奶頭，
還不曾想過捏泥娃娃和捉迷藏，
還不曾想過天空和陸地，
可是心裡卻有一個模糊的印象：
「世間再也沒有什麼，
比母親的胸脯還寬廣！」

我從遙遠遙遠的邊疆，
渡過了長江和黃河，
雖然我還沒有走到長白山，
但是我在心底輕聲地說：
「世間再也沒有什麼，
比母親的胸脯更寬廣！」

一九五六年四月二日於長春

選自《詩選一九四九——一九七九》

簡短的兩段十二行小詩，展現對祖國強大的愛，如同愛自己的母親一樣的情懷。兩段之間的時空跨距極大，第一段還在吃媽媽的奶頭，第二段是長大成人，但神州寬廣的山河如母親的胸脯，不變的孺慕之情，給人產生很大的感動。

特別一述是，作者是藏族人，在一九五〇年代，大家都在歌頌黨。而他讚頌泱泱博大的中國，完全擺脫了地域種族政治範疇，表現一種單純的愛國之情，讓這詩可以有再流傳的條件。

第三篇　一九六〇到一九七〇年代

1、郭小川

郭小川（一九一九—一九七六），他有好幾個名字，本名郭恩大，熱河豐寧縣人（今屬河北省）。郭偉倜、郭健風、郭蘇，都是他用過的名字。抗戰勝利後，他任職家鄉豐寧縣的縣長，至一九四八年初。

一九五六年出版第一本詩集《投入火熱的鬥爭》。至此到一九六五年，出版了十種詩集，《致青年公民》、《雪與山谷》、《鵬程萬里》、《兩都頌》、《崑崙行》、《甘蔗林——青紗帳》等。

一九七六年逝世後，次年出版《郭小川詩選》，八〇年又有《續集》問世，八六年有由李麗中編的《郭小川代表作》。在一九五〇年代，他有四首敘事長詩很出色：〈白雪的讚歌〉、〈深深的山谷〉、〈嚴厲的愛〉、〈將軍三部曲〉。

【詩選】

大風雪歌：林區三唱之二

老北風
——風中的霸；
臘月雪
——雪中的砂；
整整一夜喲，
前呼後擁鬧天下！

寒流呀，
像沖破了閘；
冰川呀，
像炸開了花；
空氣喲，
冷得發辣。

滅了，
風中的蠟；

僵了，
井底的蛙；
倒了，
泥塑的菩薩。

老天喲，
彷彿要塌；
大地喲，彷彿要垮。
大風雪呀，
誰不受你驚嚇！

而今，
咱卻要你回答：
是你大，
還是咱們大？
是你怕，
還是咱們怕？

一串鐘聲，
把黑夜敲垮：
一陣歡笑，
把陰雲氣煞。
天亮了，
咱們出發！

熱氣呀，
把雪片燒成火花；
鮮血呀，
把白霧染成紅霞。
轉眼間，
無窮變化！

山風呀，
成了進軍的喇叭；

松濤呀，
成了慶功的嗩吶。
漫山遍野喲，
都為咱吹吹打打。

白雪呀，
獻出一簇簇鮮花；
森林呀，
舉起一排排火把。
林區山場喲，
誰不把咱迎迓！

春麥呀，
雪下發芽；
冬梅啊，
臘月開花；
林業工人喲，

在風雪裏長大！

南征，
北伐；
東擋，
西殺。
哪兒有任務，
就向哪兒進發！

風如馬，
任我跨；
雲如雪，
隨我踏；
哪有艱難，
哪就是我家！

鋼鋸呀，

亮開銀牙；
鐵斧呀，
迸出金花；
一聲吆喝，
大樹隨風紛紛下！

冰雪滑道呀，
好似天河山前掛。
森林鐵路呀，
好似長江過三峽；
咱們的木材喲，
追波逐浪走天涯。

小材呀，
造船槳車架。
大材呀，
建高樓大廈；
擎天托地喲，

也是咱家！

是你大，
還是咱們大？
是你怕，
還是咱們怕？
而今喲，
難道還用回答！

大風呀，
你刮！
大雪呀，
你灑！
請看今日的世界，
竟是誰家之天下！

一九六二年十二月記於伊春，
一九六三年三月一日——十三日於北京
選自《甘蔗林——青紗帳》

整齊、嚴謹、壯志、豪情，又一氣呵成、堅定流利的十七節的百行長詩，放到現在，也仍是一首成功展現詩人才華的作品。這首詩被認為是郭小川最好的詩作，充分展現他創作的風格和特色。

全詩的聲調音韻和內容，溶合無間，讓人讓起來氣勢壯闊且順暢，如每節第二、四句尾，「霸和砂、鬧和花、蠟和蛙、塌和垮、答和大……」。配合六行句使用，如天成自然，不見人工鑿痕，高明之作。

詩人也善於捕捉客觀景物，彰顯鮮明意象，形成主觀氣勢，如「森林呀／舉起一排排火把／林區山場喲／誰不把咱迎迓」「森林鐵道呀／好似長江過三峽」。凡此，都叫人鼓舞，無比驚嘆的詩句。

詩評家高準對他評述極好。稱郭小川在形式上是勇於探索的詩人，既有「五四」以來新詩自由形式作品，又有民歌式短句且音樂性強的半格律詩（如這首〈大風雪歌〉），也汲取古代散曲、小令句式的詩體。

成功且能流傳的詩有許多條件，「普遍性」是重要一項，普遍性才能穿透時空，鼓舞並感動每一代中國人。這詩的最後一段「大風呀／你刮／大雪呀／你灑／請看今日的世界／竟是誰家之天下」。

給二十一世紀的中國人讀，尤其二〇二一年這一年，你是否有這樣感覺？「美帝呀／你野／英帝呀／你來／也不看看今日世界／已是中國人的天下」！

2、魏鋼焰

魏鋼焰（一九二二—一九九五）。曾用筆名魏開誠，山西繁峙縣人，一九四〇年後，長期在部隊擔任文化工作。一九五八年起從事專業創作。詩集有《赤泥嶺》（一九六二）、《燈海曲》（一九六五），及散文集《船夫曲》和《綠葉讚》等。

【詩選】

草葉上的詩

如果你拆開我寄來的詩稿，
卻只看見一片綠色的草葉，
不要驚訝吧，朋友！
它，就是我的詩。

青海湖呵，
層層白浪滾捲！
活像千百匹烈馬，

振搖著白色的長鬃，奔撲而來！
從崑崙山巔飛來了剛勁的風，
它用巨大的翅膀拍打湖面，
青海湖昂頭高吼，
怒沫四濺！

呵，青海湖！
誰知道你的年齡有多大？
誰知道你那深深的湖底，
蘊藏著多少語言？
呵，你那翻騰不息的浪花呵，
可是你靈魂的波瀾？
你那晶瑩如玉的海鹽呵，
不就是千百代人民的眼淚凝煉！

我知道呵，
在你那猛烈起伏的胸膛下，

躍動的是我們那顆民族的心！
從你那層層的白浪上，
我看五千年古國的歷史——
一頁頁地翻過。

你對我敞開寬闊的胸膛，
對我說：「看，這就是柴達木的油海！」
你推送著層層波浪，
活像羊群奔跑在草原。
你鼓起雪白的泡沫，
多像那滾沸的牛奶。
你用手撩潑著海水，
晶瑩的鹽粒閃閃。
你向我喲，
噴發出芳香的氣息，
我聞到了醉人的油香、
鮮洌的海鹽香、

濃郁的草原香、
撲鼻的奶香……

我撲進你的懷裡，
用湖水擦洗全身，
讓我的身上永遠流動著你的血液，
讓你的芳香浸透我的心。
我從岸邊摘下一片草葉，
把它久久地浸在你的胸裡，
我相信它能把這一切
都滲入它的脈絡。
呵，
我那顫動的手指裡，
草葉上正燃著我的愛火。

呵，朋友，你從這片小小的草葉上
怎會看不到我的詩歌？

九節五十多行的詩，一氣呵成，足見有一定的功力和詩才。這不是一般寫景的詩，而是經由景物表達對祖國山河的熱愛，充滿著浪漫豐富的感情。

首段從一片綠葉開始，這一片葉是作者的詩，瞬間就到青海湖，如碰到一個巨人，「昂頭高吼、怒沫四濺」。接下來質問巨人的年齡和深層秘密，並與五千年神州歷史連接，彷佛這巨人之心就是中華民族之心。

進而詩人和青海湖有了對話交流，青海湖還主動發言「看，這就是柴達木的油海！」終於詩人忍而住，「我撲進你的懷裡」，即是說「我撲進祖國的懷裡」，情感自然流露，毫不造作，是一首可以流傳的詩。

青海湖在吾國青海省東部海拔三一九六米的高原上，古稱西海、羌海、鮮海或仙海，蒙古語叫庫庫諾爾，藏語叫錯溫布，即「青色之海」。湖的面總四千五百平方千米（約台灣七分之一），最大水深二十八米，年平均溫度十五度C左右，是理想的避暑勝地。

詩人對青海湖的描述，散發出「色、香、味」俱全的觀景特色，讀者好像進去湖岸觀賞。站在湖畔，觀遠山逶迤，芳草茵茵，水面波光粼粼，聽鳥兒歌唱，情不自禁深深沉醉在這個祖國勝景，熱愛祖國之心油然而生！

3、嚴　陣

嚴陣（一九三〇—），山東萊陽人，原名閻曉光、閻桂青。一九五四年開始詩歌創作，一九五六出版第一本詩集《淮河上的姑娘》，五七年出版《春啊，春啊，播種的時候》，六〇年出版敘事長詩《漁女》，六一年出版《江南曲》，六三年有《琴泉》，六四年《竹矛》。

一九七八年出版《旗海》，他的主要代表作是六〇年代前期的《江南曲》、《琴泉》和《竹矛》。他和郭小川，被認為是六〇年代前期最值注目的兩個詩人。

【詩選】

長江在我窗前流過

長江在我窗前流過，
翻騰著金黃色的濁波，
啊，這熱情澎湃的河流，
橫貫了我的祖國。

每天黎明時分，

它總以潮聲把我頻催。
每當夜晚降臨，
它總以濤音撫我入睡。

晴空萬里時，
它的水面上流著翡翠，
烏雲翻湧呵，
它的波濤裡藏著驚雷。

啊，它浩浩蕩蕩，
每天把紅日托上，
寬闊的胸襟，
容得下萬船齊放。

啊，它滔滔不息，
後浪推著前浪，
它從歷史的群峰中穿過，

誰能把它阻擋？

它肥沃遼闊的兩岸，
流溢著稻穀的芳香，
每一個金色的穗子裡，
都有它甘美的奶漿。

在鄉村的茅屋邊，
在綠柳垂蔭的大堤上，
聽，關於它的歌曲，
是那麼醉人、難忘。

啊，它千里一線，
是亞洲原野的琴絃，
它那偉大的旋律，
東方，西方，都聽得見。

它莊嚴的強音，
像風暴捲過莽原，
它日夜不停的響著，
聲音裡充滿了情感。

啊，它從月夜裡流過，
它從紅霞裡流過，
它從雷雨裡流過，
它從陽光裡流過。

這滾滾的洪流啊，
日夜都激動著我，
我這小小的窗口，
充滿它強壯的脈搏！……

長江從我窗前流過，
翻騰著金黃色的濁波，

啊，這熱情澎湃的河流，
橫貫了我的祖國。

選自嚴陣《琴泉》，一九六三，北京

嚴陣這首〈長江在我窗前流過〉，和洪洋的〈掀起你的波濤吧，揚子江〉、梁上泉〈黃河，你告訴我〉。三者都以一條江河為對象，讀起來感覺如何？想每一個讀者心中都有一把尺。

這首詩收在一九六三年出版的詩集《琴泉》，是一首熱情洋溢歌頌祖國江山的作品。詩評家高準對這首詩有極佳評述，認為比之蘇東坡〈念奴嬌——大江東去〉，它奏出的是更具青春氣息、更高昂的強音。

十二節每節四行共四十八行詩，結構嚴謹，使平凡的事成為不凡的驚嘆，住長江邊本是平凡事。但說成「長江在我窗前流過」，就成了不凡的機遇。

整首詩都彰顯了長江有無限的活力，它的氣勢和精神都是自強不息的。「它滔滔不息／後浪催著前浪／從歷史的群峰中穿過／誰能把它阻擋？」詩的言外之意，是「中國要不斷向前發展，誰能阻擋？」這樣的詩句放到今天的中國社會，依然鼓舞著人心，所以這詩還會流傳！

4、沙　白

沙白（一九二五—），本名理陶，江蘇如皋人，他的詩比人較有名氣，一九五六年以「魯氓」筆名出版第一本詩集《老向生活》。之後改用沙白，又出版了《杏花春雨江南》、《大江東去》、《礫石集》等。

【詩選】

大江東去

一

大江東去……

雪浪萬里，
驚濤萬里，
鼓角萬里，
風雷萬里，
直奔大海，
不回頭；

白晝黑夜，
無休止！
搖醒
一片片土地，
跨越
一重重峽谷，
匯合
一條條水系……

流呵，
奔呵，
闖呵，
大山
一劈兩半，
平原
一分兩片。
搖撼大地，

拍擊長天。
浪追著浪，
浪擠著浪，
浪拽著浪，
浪推著浪，
向東呵向東，
大海在前，
旭日在前！

留在後面了——
那山頭的雪冠。
高原的花香，
蕭森的峽谷，
湍急的險灘。
溶進江流了——
神女的淚，
楚王的夢，

船夫的哀歌，
詩人的吟誦。
沉入江底了——
武夫的折戟，
詞客的幽怨，
奴隸的鎖鏈，
海盜的破船……
每一滴水
都是山洪的子女，
……

四

大江東去……
今天的波浪，
接著昨天的波浪；

今天的戰歌，
接著昨天的歌唱；
永無休止，
永不改向！
身後是英雄碑，
山崗挨著山崗；
一片波瀾，
一卷詩章。

江心和兩岸，
也留下貝殼泥沙。
從上游衝來的，
從支流挾來的，
從渡口捲來的，
從急轉彎處捎來的……
就讓它留下！
風化石呀，

浪淘沙！
而大江，
大江呀大江，
還要向前，
向著東方，
向著大海，
向著太陽。

無限空闊的海洋
將屬於他，
無限光亮的旭日
將屬於他，
無限瑰麗的虹彩霓霞
都將屬於他！

一九六三年五月

四段一百七十多行的〈大江東去〉，氣勢奔放，一氣呵成，毫無窒礙，一九六三年發表在《詩刊》上，就入選在詩社所編的《詩選一九四九——一九七九》。此後這首詩就受到詩壇注目。

詩評家高準評述這首詩的成功，絕無概念化之蔽而概念自在其間，看不見政治名詞，而政治性很強。可說是一首成功展現「革命浪漫主義」的優秀作品。

詩中很自然溶入和大江有關的歷史典故，如「神女的淚、楚王的夢、武夫的折戟」等，每個典故都有動人的故事，五千年文明文化故事無限多，永遠說不盡、聽不完。例如楚王和神女，演化出「巫山雲雨」的浪漫故事。

5、周良沛

周良沛（一九三三—），江西井崗山區永新人，因內戰失學寄寓孤兒院。一九四九年加入軍隊，此後長期在部隊從事文化和創作工作，一九五七年出版民歌《藏族情歌》和《古老的傣歌》，同年再出版詩集《楓葉集》，又發表整理自西南少數民族的抒情長詩《游悲》和《獵歌》。以上作品都和少數民族有關，經他田野調查而得。

一九八〇年出版了詩集《飲馬集》，八二年出版《雪兆集》。之後他編輯了《徐志摩詩集》、《戴望舒詩集》、《胡也頻詩稿》、《聞一多詩集》，一九八八年又有《鐵窗集》出版。

【詩選】

刑後

沒有後悔，無所怨尤，
逼而不供，繩棍更凶；
想取口供，連環栽誣，
不知道，我只能回答：不！

不後悔，為了說句真話，
得到的，是這種報復；
不後悔，為了話說得真，
誠實得到這樣的出路。

棍子敲來，把人敲醒，
世態炎涼，當本書讀；
狗咬，鬼踩，要踩斷我的脊骨，

落井下石的，正等黃金給他鋪路！

真話的樸素，人生的澀苦，
濁流隨波，還是濁流；
我怕，怕牽連任何一個人，
朋友都遠去吧，我願這樣孤獨！

我不是奴才，更非好漢，
棍子敲來，還拍拍胸脯；
捆上索子，蹬著腳勒，
他咬牙淌汗，我卻要斷筋骨！

沒有懺悔，得不到「寬大」，
我不願失去追求真的「頑固」，
若這就是追求的代價，
我又怎能有所怨尤？

不，不，沒有的事我只能說不，
哎喲，天，索子泡過水勒，怎受得住？
可是，為了良心的安穩，
只得讓皮肉受苦！

我不能聽天由命，
又不能為命運作主；
我甚至無力自衛，
也決不放棄良心這塊聖土！

一九六八年八月

選自《雪兆集》又收入《鐵窗集》

周良沛前期的作品，因部隊工作的因緣，接觸到中國少數民族，讓他有機會透過田野調查，整理出不少民歌。這些民歌以少數民族山川風土為主，曾和梁上泉等同被捕「山川派」詩人。其詩藝雖不高，但至少對少數民族文化是有貢獻的。

他詩藝的提升，是他經歷被鎮壓苦難後，「窮而後工」，被「逼而不供，繩棍更凶」，逼出了詩創作的真性情，使得〈刑後〉一詩得以肯定，得以流傳，這很諷刺吧！「國家不幸，詩人幸？」

這首詩的特別，是歷史上寫刑求逼供的詩極稀，使它得到注目的眼神。再者，詩意真誠而自然，沒有親身吃那種苦，寫不出的有生命之作，它是時代的證言。

6、黃　翔

黃翔（一九四一—），湖南桂東人。七〇年代後期他在貴州貴陽針織廠做工人。一九七八年十月，大陸掀起民主運動，北京出現「民主牆」，他於是在這年十月十一日到北京張貼大字報《火神交響詩》六首，〈火炬之歌〉是第一首，此後一年他發表很多詩作。

【詩選】

火炬之歌

詩人說　我的詩是屬於未來　是屬於未來世紀的歷史教科書的

一

在遠夕的天邊移動

在暗藍的天幕上搖晃
是一支發光的隊伍
是靜靜流動的黑河
照亮了那些永遠低垂的窗簾
流進了那些彼此隔離的門扉
匯集在每一條街巷　路口
斟滿了夜的穹廬
跳竄在每一雙灼熱的瞳孔裡
燃燒著焦渴的生命
啊火炬　你伸出了一千只發光的手
張大了一萬條發光的喉嚨

喊醒大路　喊醒廣場
……

三

把真理的洪鐘撞響吧
——火炬說
把科學的明燈點亮吧
——火炬說
把人的面目還給人吧
——火炬說
把暴力和極權交給死亡吧
——火炬說
把供奉神像的心中廟宇搗亂和拆毀吧
——火炬說

把金碧輝煌的時代宮殿浮雕和建築吧

——火炬說

多麼崇高的火的召喚呀
多麼神聖的火的信念呀
多麼濃烈的火的氣息呀
多麼熾熱的火的語言呀

火的隊伍膨脹了
火的河流泛濫了

火的熔爐白熱了
火的大海沸騰了

火焰的手拉開重重夜幕

火光主宰著整個宇宙
人類在烈火中接受洗禮
地球在烈火中重新鑄造
火光中　一個舊的衰老的正在解體
一個新的啼哭的跳出襁褓

一九六九年八月十三日上午十時懷疑中思考
一九六九年八月十五日寫於熱淚縱橫中
原載《啟蒙叢刊之一》，一九七九年三月

雖然人們都不願意看到戰爭，但不可否認的，戰爭是人類文明文化進步一股強大的動力，所以人類數千年歷史就是戰爭史。消滅入侵者靠戰爭，推翻腐敗者靠戰爭，反分裂就是準備戰爭，國家統一自古以來只有戰爭，故兩岸唯武統才能根本解決問題。

如這詩所述，「人類在烈火中接受洗禮／地球在烈火中重新鑄造∥火光中一個舊的衰老的正在解體／一個新的啼哭的跳出襁褓」。中國歷史的朝代興亡交替，正是中國式「政黨輪替」，輪替動力是戰爭，衰老的朝代解體結束，新政權「跳出襁褓」，跳上舞台中央。

〈火炬之歌〉近百行，本文節錄，全詩氣勢奔放，充溢熱烈的情感，就像在進行一場戰役之前的精神動員。詩評高高準高度評述這詩，認為是真正有生命的詩，正要跳上歷史主流的詩。

查詢網路，黃翔後來有不少作品，《黃翔——狂飲不醉的獸形》、《總是寂寞》、《我在黑暗中搖滾喧嘩》、《活著的墓碑——魘》等約二十部，可謂著作等身。

7、李瑛

李瑛（一九二六—二〇一九）。河北豐潤縣人，他是一個職業軍人，中國大地從海到山去過很多地方，有「部隊詩人」之名。一九五一年出版第一本詩集《野戰詩集》，一九五二年出版《戰場上的節目》（朝鮮戰場採訪），為軍人留下許多詩記。

他的詩集尚有《友誼的花束》、《寄自海防前線的詩》、《靜靜的哨所》、《早晨》、《花的原野》、《紅柳集》、《棗林村集》、《紅花滿山》、《北疆紅似火》、《站起來的人民》、《難忘的一九七六》。一九八一年出版《李瑛詩選》，是總選集，有二百四十二首。

【詩選】

是什麼閃爍在草上

一九六九年五月十五日，我邊防部隊在吳八老島進行正常巡邏，蘇聯軍隊竟悍然對我瘋狂射擊，戰士任久林同志英勇犧牲。附近鄂倫春族獵民聞訊，連夜趕至，躍馬揮槍，呼嘯復仇！

是什麼閃爍在草上？
是什麼發出耀眼的光？
是我們戰士沸騰的血——
灑在黑龍江邊，化作鮮花怒放！

任敵人的彈雨織成火網，
任敵人的硝煙掠過胸膛，
他保衛祖國的誓言喲，
在千山萬水間發出回響。

如問我們對祖國的愛，
請看他的生命何等堅強：
即使倒下，也抱著祖國，
即使倒下，也緊握刀槍！

是什麼閃爍在草上？
是什麼發出耀眼的光？
是鄂倫春獵民憤怒的淚滴——
燃燒著夜的邊疆！

像團團滾動的火，
匹匹馬直奔向烈士身旁；
他們眼中有十分悲切、十分驕傲，
更有十二分憤怒，激蕩胸膛：
「讓我們再看一眼我們的兒子，
鄂倫春要跨馬去討還血賬！」
聽他們舉槍迎風呼喊，

像火山，像炸雷，在深山轟響。

是什麼閃爍在草上？
是什麼發出耀眼的光？
是我們威嚴的刀槍——
在巡邏神聖的邊防！

當星飛月暗，江湖低隱，
烈士的喊聲便把我們的刀鋒震響；
是的，讓我們保衛我們至高無上的事業，
用滾燙的子彈，滾燙的胸膛。

我們的山才有脈搏，水才有呼吸，
春天才會有色彩、生命和希望。
那閃爍在草上的耀眼的光，
正激勵著我們的人民成長！

一九七三年七月二十一日於十八站。
選自《李瑛詩選》，一九八一，成都。

從詩的小序，可知這是一九六九年當時的蘇聯突然襲擊我東北邊境，軍民共同展開英勇抵抗的事跡。這首詩可能是一九五〇年以來，唯一以抗俄為題材的詩，使它有了特別的歷史地位。

這首詩氣勢滂礴，高度發揚了愛國精神，是一首驚心動魄的戰歌。「即使倒下，也抱著祖國／即使倒下，也緊握刀槍」，這是一個戰士詩人最高貴的語言，寫出身為中國軍人高貴的情操！

8、蔡其矯

蔡其矯（一九一八－二〇〇七），福建晉江縣人。一九四一年，他以〈鄉土〉和〈哀葬〉二詩，獲晉察冀邊區詩歌第一和第二名，從此受到注目。一九五六年出版詩集《回聲集》和《回聲續集》，次年又出版《濤聲集》。

一九八〇年出版詩集《祈求》，八二年出版他從一九四一到一九七九年間詩作自選集《生活的歌》。一九八四年又有詩集《迎風》出版，他的作品是時代的證言。

【詩選】

丙辰清明

一

好像閃電
沖進城市的心臟
沖進被監視的春天
破壞黑沉沉的喑啞
讓凍僵的語言蘇醒
那血淚奔流
連同絕望的心痛哭
升起壯烈歌聲
爆發了醞釀已久的鬥爭。

不安的陣風
吹向生命蟄伏的一切地方
融化封鎖大地的冰雪
解放對種子的束縛

叫詩歌不再沉睡
……

六

啊，祖國！
我憂心如焚
到處在尋找你的踪影：
那些鴿子哪去了？
那棵大樹
為什麼倒身在泥濘？
眼前只有小路
又被迷霧封鎖
叫我怎把方向辨認？

到如今才聽見潮聲
讓戰士再次認出你的容貌

展現在一片新生的熱情：
春風再次飛蕩在你的崇山峻嶺。
果實成熟落地
種子在它酸苦的體內
人的權利覺醒
不再忍受任意欺凌
在這千鈞一髮的時辰！

一九七六年四──六月選自蔡其矯詩集《祈求》，一九八〇年又收入《生活的歌》，一九八二。

說起我心中的祖國──我偉大的大中國，內心就有很多感傷，從鴨片戰爭以後，就一路迷途，迷到現在雖說中國人已從一九四九年毛澤東在天安門說：「中國人站起來了！」到現在習近平說：「中國人強起來了！」在大陸的中國人不再迷路了，台灣地區中國人仍在迷路！

〈丙辰清明〉是六節長詩，本文節錄。「啊，祖國／我憂心如焚／到處在尋找你的踪影……」祖國不見了，祖國去了哪裡？一九七六年，祖國仍在迷路！

何時祖國不再迷路？何時找到前進的方向？一九八二年九月，中共「十二大」，小平同志在開幕致詞說：「走自己的道路，建設有中國特色的社會主義……」相信這條道路是從現在，到未來二百年內，中國人的道路！

9、白樺

白樺（一九三〇—二〇一九）。以電影《苦戀》而成著名的詩人白樺，已於二〇一九年元月十五日，逝世於上海華山醫院。享壽九十歲，走完精彩的人生。

白樺，本名陳佑華，河南信陽人，一九五一年開始寫作，五四年出版小說《竹哨》和《鹿走的路》，五五年出版詩集《金沙江的懷念》，五六年出版長詩《鷹群》；五七年又出版詩集《熱芭人的歌》、長詩《孔雀》和小說《邊疆的聲音》。

《苦戀》是一九八一年發表的電影劇本，八二年出版自選詩集《白樺的詩》，二〇〇九年發表了長詩《從秋瑾到林昭》。

【詩選】

風

宇宙間如果沒有風，

天空就失去了多彩多姿的雲，
雲中就失去了御風飛翔的鷹，
森林就失去了美妙的歌聲……

沉然的風鈴，
僵死的樹影，
不轉動的風車，
水面上沒有波紋……

世界將會多麼呆板，
空氣將會多麼沈悶；
你怎麼做出這樣可怕的設想呢，
兒童般天真的詩人?!

天地間只有相對的靜止，
銀河系由於運動才獲得永恆；
千百年無數人都由衷地感嘆過：

天有不測風雲……
不測而又司空見慣的風啊！
……

世界只會更美好，
中國必須向前進，
不斷的風雨只會使大地更秀麗，
只會使空氣更清新！

天上飄蕩著多彩多姿的雲，
雲中飛翔著矯健的鷹；
森林在合唱，
山谷在共鳴。

叮叮的風鈴，
斑爛的樹影，

旋轉的風車，
水面上碧波萬頃……
萬物都要感謝風，
不只是為了良辰美景；
風是誨人不倦的教師，
他教草木在泥土裡深深扎根。
他教人類建築堅固的大廈，
製造噴氣飛機和核動力巨輪；
聽！風在發出嚴厲的警告：
人們呀！你們要堅定！

一九七九年四月十五日。選自白樺詩集《情思》，
一九八〇年。又收入《白樺的詩》，一九八二年。

很有深意的詩，〈風〉可以很多解讀，可以考驗人類的一切，所有建築、車船、

飛機，都要顧慮「風」的因素。若有任何不週，「天有不測風雲」，要小心！

但這首詩的背景，作於一九七九年，當時中國有些人仍惑於西方民主，也就是說，大家仍未確定發展方向，期許中國人民，要堅定方向！

10、雷抒雁

雷抒雁（一九四二—二〇一三），原名雷書彥，陝西涇陽人。一九七〇年參軍，一九七四年出版詩集《沙海軍歌》和《漫長的邊境線》。一九七九年發表〈小草在歌唱〉一詩，寫文革時慘遭殺害的張志新悲劇（一個冤案），引起廣泛注目。

隨即以此詩獲得「一九七九—八〇年全國中青年詩人優秀新詩獎」，一九八〇年以《小草在歌唱》為書名出版了詩集。二〇一〇年國際詩人筆會頒發「中國當代詩魂金獎」。

【詩選】

種子呵，醒醒

你這地球的良心，
泥土的思想，
世界的生命！

種子呵，種子，
醒醒，你醒醒！

呼喚你的，
是金色的溫柔的陽光；
是熱淚盈盈的脈脈的春雨；
是輕輕的急切的東風……
這塊土地上呵，
早該佳卉吐芳；
這塊土地上呵，
早該茂林蔥蔥！
可是，我們碰到的
是多麼討厭的一片土層：

它是沙子、石頭
和鹹性的泥土組成。
這裡是這樣的光滑，

這樣的平靜，
沒有花朵的誘惑，
也沒有草葉的騷動！
像沉睡一樣，靜，
像死亡一樣，靜！
風是無法把它們搖醒的，
誰知道，
那僵化的頭腦裡，
是一片怎樣自私的夢！
難怪這兒，
空虛得令人惆悵，
惆悵中一片寂靜！

呵，難道這塊土地就此陷入絕境？
白茫茫的世界，
……

好呵，種子，
我歡呼你從此沈睡中猛醒！
這一片萌芽，
才是這個世界的希望，
才是理想、未來、光明和繁盛！
才是這塊土地上真正的主人翁！
……

我的歌，唱給明天，
（雖然，此刻還有痛苦的鬥爭！）
明天，
這裡將是一片草原，
將是一片森林，
綠葉和花朵
在讚美陽光，
一根根枝幹，
像琴弦，

任風的手指去撥動！
那時，板層已經鬆軟，
鋪在草根上，
鋪在樹根上，
真正像「公僕」，
在服侍著綠色的生命！

啊，我在如此痛苦的、興奮的呼喊！
醒來吧，種子，
種子，醒醒！

一九七九年七月草于蘭州，八月改予北京
選自雷抒雁詩集《小草在歌唱》，一九八〇年。

「我們碰到的／是多麼討厭的一片土層……難道這塊土地就此陷入絕境／白茫茫的世界」。現在由一個生長在台灣地區的中國人讀起來，感覺就是現在的台灣，一個不法的「地方割據政權」所形成的世界！

張志新是文革時期一個很可怕、很邪惡的「大冤案」。她被誣陷而處於酷刑後槍決，在獄中被強暴，處決前先被割斷喉嚨，冤案後被揭發。只是，筆者不知後來是否平反，應以國家之名回她公道，不論經過多久，這是國家對自己子民該做的事。

〈種子呵醒醒〉寫於一九七九年，那時神州大地「像沉睡一樣，靜／像死亡一樣，靜……一切沉睡的種子／都要覺醒」。一九七九，中國人快要醒了，半醒未醒！詩人先醒，催著大家，種子呵！你醒醒！

11、葉文福

葉文福（一九四四—），湖北蒲圻縣人，一九六六年開始寫作，一九七八年出版《山巒》詩集。七九年發表〈將軍，不能這樣做〉一詩，指責一個為自己蓋樓房而下令折掉幼兒園的高級將領，名震一時。

〈祖國啊，我要燃燒〉一詩，是一九八一年「全國中青年詩人優秀新詩獎一九七九—八〇」得獎作品。他其他詩集有《牛號》、《天鵝之死》、《雄性的太陽》等，他的詩充滿著愛國情操。

【詩選】

祖國啊，我要燃燒：痛極之思

當我還是一株青松的幼苗，
大地就賦予我高尚的情操！
我立志作棟樑，獻身於人類，
一枝一葉，全不畏雪劍冰刀！

不幸，我是植根在深深的峽谷，
長啊，長啊，卻怎麼也高不過峰頭的小草。
我拼命吸吮母親乾癟的乳房，
一心要把理想舉上萬重碧霄！

我實在太不自量力了：幼稚！可笑！
矇昧使我看不見自己卑賤的細胞。
於是我受到了應有的懲罰，
迎面撲來曠世的風暴！

啊，天翻地覆……
啊，山呼海嘯……
偉大的造山運動，把我埋進深深的地層，
我死了，那時我正青春年少。

我死了！年輕的軀幹在地底痙攣，
我死了！不死的精靈卻還在拼搏呼號：
「我要出去！我要出去！我要出去啊——
我的理想不是蹲這黑的囚牢！」

漫長的歲月，我吞忍了多少難忍的煎熬，
但理想之光，依然在心中灼灼閃耀。
我變成了一塊煤，還在拼命吶喊：
「祖國啊，祖國啊，我要燃燒！」

地殼是多麼的厚啊，希望是何等的縹緲，
我渴望，渴望面前有一千條向陽坑道！

我要出去：投身於熔爐，化作熊熊烈火，
「祖國啊，祖國啊，我要燃燒！」

一九七九．四．一六　於北京
選自《一九八〇新詩年編》

我對這首詩有三種解讀，先說消極的，這是比較認命的。「不幸，我是植根在深深的峽谷」，這是人沒有選擇出生的權利一樣，出生在怎樣的家庭全是命。又碰上「偉大的造山運動，把我埋進深深的地層」，又碰到災難，真是死定，成為煤後，有沒有機會被挖出來，其實也是一種機率，就是命運吧！

第二種解讀就是積極的，不論碰上任何黑暗，永不放棄。「漫長的歲月，我吞忍了多少難忍的煎熬／但理想之光，依然在心中灼灼閃耀」，終於成為一塊煤，依然高喊「祖國啊，祖國啊，我要燃燒」，為祖國而自我燃燒，把境界提到最高，大大宣揚了愛國主義情操。

這詩寫於一九七九年的北京，也有豐富弦外之意涵。那個年代大家還在黑暗中摸索，社會氣氛像是地層裡的「黑的囚牢」，人民渴望前面有一千條向陽坑道。「我要出去」，去找尋光明，這才是廣大人民的願望！

12、北島

北島（一九四九—），本名趙振開，出生在北京。一九七八年十二月，他和朋友在北京合辦一個油印民刊《今天》，〈回答〉一詩刊在第一期。

北島的代表作有一九八六年《北島詩選》，一九九六年《零度以上的風景線》，一九九九年《開鎖》。再者，他也受國際注目，美國康乃爾大學出版社於一九八三年出版他的詩選《太陽城扎記》，瑞典也出版一本《北島與顧城詩選》。

【詩選】

回答

卑鄙是卑鄙者的通行證，
高尚是高尚者的墓誌銘，
看吧，在鍍金的天空中，
飄滿了死者彎曲的倒影。

冰川已過去了，
為什麼到處都是冰凌？

好望角發現了，
為什麼死海裡千帆相競？

我來到這個世界上，
只帶著紙、繩索和身影，
為了在審判之前，
宣讀那些被判決的聲音：

告訴你吧，世界
我——不——相——信！
縱使你腳下有一千名挑戰者，
那就把我算作第一千零一名。

我不相信天是藍的；
我不相信雷的回聲；
我不相信夢是假的；
我不相信死無報應。

如果海洋注定要決堤，
就讓所有苦水都注入我心中；
如果陸地註定要上升，
就讓人類重新選擇生存的峰頂。

新的轉機和閃閃星斗，
正在綴滿沒有遮攔的天空。
那是五千年的象形文字，
那是未來人們凝視的眼睛。

一九七六年四月
原載《今天》第一期，一九七八年十二月

北島被稱為「朦朧派詩人」，也被認為大陸有「現代」詩風的起點。他與同屬青年代的舒婷、顧城、江河、楊煉、梁小斌、王小妮、徐敬亞、駱耕野、傅天琳、孫武軍等，被稱新的「崛起的詩群」。

北島這首〈回答〉，首先刊在《今天》，儘管詩人自稱該刊「沒有政治要求」，但這詩有很強的政治意涵，主要在表達對現實的不滿，之後也引起很大的共鳴。一首詩會引起很大迴響，必有背景原因，詩人「對現實不滿」，不滿什麼？無疑的就是針對文革的黑暗面，包含前述「張志新冤案慘劇」，相信這些「崛起的詩群」是眼睜睜的看見的；詩宣示了這樣的悲憤以及理想破滅，詩人也是有真性情的人，他們是最先清醒的人。

詩人的清醒，可以喚醒更多自己的同胞，會有更多人勇於起來挑戰，未來是有希望的，「新的轉機和閃閃的星斗」，將會在神州大地光明照耀。

13、駱耕野

駱耕野（一九五一—），四川重慶人，文革時作為「知青」在農村勞動。一九七一年開始詩創作，一九七九年五月，在《詩刊》發表〈不滿〉一詩，一鳴驚人，震動當時詩壇，受到高度注目。

〈不滿〉廣獲好評，被列入一九八一年頒授的「一九七九—一九八〇全國中青年詩人優秀新詩」獲獎作品之一。他的詩集有《不滿》、《再生》。

【詩選】

不滿

「從任何一項成功。
都產生出某種東西，
使更偉大的鬥爭成為必要。」
——惠特曼《大路之歌》

像鮮花憧憬著甘美的果實，
像煤核懷抱著燃燒的意願：
我心中孕育著一個「可怕」的思想，
對現狀我要大聲地喊叫出：
——「我不滿」！

誰說不滿就是異端？
誰說不滿就是背叛？
是湧浪，怎能容忍山洞的狹窄，
是雛鷹，豈肯安於卵壁的黑暗。

不滿激動著對海洋的神往喲！
不滿蘇生著對藍天的渴念！
生命的創造多麼痛楚而偉大喲，
請賜給母親以滿足的甘甜：
「不！還是祝福孩子儘快成長吧。」
嬰兒問世已叩響了母親不滿的心弦。

呵，誰能說不滿就是不愛？
呵，誰敢說不滿就是抱怨？

哥倫布不滿鉛印的海圖，
才發現了大洋的彼岸；
……

呵，不滿就是一個絕妙的議事日程，
　不滿就是一部嶄新的行動提案；

不滿已催生出偉大的戰略轉移喲！
不滿已催掛起新長征的戰鬥風帆！

噢，河床在不滿中伸直了脊樑，
石油在不滿中湧出了海面；
科學在不滿中衝破了禁區，
指標在不滿中跨上了火箭；
思想在不滿中睜開了慧眼，
真理在不滿中延伸了路線；
貧窮在不滿中緊追著富強喲，
現狀在不滿中疾速地登攀！

啊，不滿像兩個矛盾間過渡的橋樑喲，
不滿像一粒細胞中產生的裂變；
不滿便有所發明。有所創造，有所前進喲，
不滿將通向繁榮、通向幸福、通向完善！

像鮮花憧憬著甘美的果實，
像煤核懷抱著燃燒的意願；
我心中溢滿了深摯的愛喲，
對現狀我要大聲地叫喊出：
——「我不滿」！

原載《詩刊》一九七九年五月號

從現代社會的觀點，「不滿」是目前全球社會的普遍性現象，放眼看去，幾乎所有推行西方民主政治的國家和地區，天天都有群眾「高度不滿」在抗議。那是因為以資本主義為核心價值的民主政治，只是資本家玩弄的工具，廣大的人民群眾因財富「兩極化」而不滿，這是推動改變的動力！

按筆者認知和了解，不滿也是推動歷史前進的手，推動「除舊換新」的動力。以中國史為例，我們的朝代更替就是人民或農民的不滿當朝腐敗，起而推翻老舊衰敗的政權，建立一個新朝代。現在的台獨偽政權製造中華民族的分裂，製造同胞之間的仇恨，引起全中國人民的不滿，統一後解決了問題。「不滿將通向繁榮，通向幸福，通向完善」，所以囉，早早武統吧！

但，把時序拉回五十年前的中國社會，詩人創作這首詩的年代，那是一個很保守又封閉的時期，詩人勇於寫出這樣的作品要求改革現狀，且充滿批判精神。因此，詩發表後不僅受注目，也廣受肯定。

詩評家高準對這首詩評述很高，因為議論詩不好寫，甚至歷史上的詩論家認為議論不可入詩。然而這首詩不管內容或藝術處理都很成功，全詩近百行，充滿希望和熱情，沒有一味抱怨，而是昂揚與樂觀！

14、寥　寥

寥寥。（歷史上恐怕沒有一個人，一輩子只寫了一首詩就能被叫「詩人」，也沒有一生就只偶然寫了一首詩，就得以流傳。但，確實有一人，古今大約也只有他一人，就是寥寥。）

寥寥是誰？一九七九年五月號的《詩刊》，發表了這首〈我們無罪〉，此後再也沒見過他的作品。各種史料均無顯示「寥寥」的背景，亦無人知其真名生卒等，只知他是文革時紅衛兵的一員。

這首詩雖長，雖然作者可能也不是詩人，只是心有所感的寫出一生唯一的一首詩，詩藝仍受肯定。而且這詩與眾不同且有歷史價值，本文全部抄錄。

【詩選】

我們無罪

我們這一代青年
（怎麼劃分呢？）
從二十歲到三十歲吧
真可憐。

畸形和變態嗎？
請原諒
十年前
還是兒童和少年的
我們自己
鑽過了林彪、「四人幫」的絞肉機
至今
身上還留著
恥辱的傷痕

當魔鬼
　還戴著面紗的時候
我們受騙了
　在受騙中
　　我們詛咒
可失去了的是
我們的熱情
　理想
　　和誠實的童貞。

我們把幻想
　從心中拋棄
像是舊日的孤兒院
　扔出死嬰

我們耕田、種地、做工
　罵街和起哄

無論什麼時候
　從臉到心
　　永遠冰冷
就連戀愛
　也帶著猜疑和驚恐
怕無意露出心中的哀怨
怕被對方
　告密
心像海岸的礁石
陰暗而沉重。

我們的
　兄弟姐妹中
　　凡是敢於吶喊的
都被那腥穢的手
　扭進地獄
那帶鹹味的

不是海水啊
那雙手上滴嗒著的
是青年的血
這血的味道
永遠留在我們心中

為什麼？
要喝那劣等的白酒
臉像白痴一樣麻木
就是這
白痴的青年
那隱藏在心靈深處
「真」、「善」、「美」的琴弦
一根一根
被撥斷
在刑車從眼前駛過時
在那腥風血雨中。

當堆集的書本
　燃燒的時候
我們寧願自己
　是文盲
對人間的文明
　再也無所希求了
無論是嘴裡還是心裡
即使
　還有衣服遮體
但在精神倉庫中
找不到一條
　褲子
他們把生活變革
對於我們
　沒有溫暖

只有冰
我們對於冰
毫無興趣
他們叫我們
為一根雞毛的代價
殺人致命
又使我們
為了一片蒜皮
被拉出去
匆匆槍斃

面對世界
我們一無所有

是的
以往十年
三千六百五十天
亂亂日子的唯一收穫

就是
　不再相信明天。
把唾沫吐在我們身上吧
　我們肩負著
　　整整十年的
　　　社會垃圾

是的！
　曾經有過
善良的歌聲
　吹進我們的耳朵
如同長霉的胸中
燃起了一把大火
我們
　被感動了
世故的眼睛中
　流出了淚。

這淚不值一個小錢
但它
　卻是我們付出的
　　最深最深的代價
百年之後
　給我們這一代人
　　立個碑吧！
請刻上下面的話：
「我們無罪
　我們也憎厭
　無為的身體」。

將來的人們啊
當你們咒罵
我們留下的
　一無所有的遺產之時

我們也在另一個世界
　同聲詛咒
和你們一樣
　我們也厭棄走過的
　邪路
這是我們這一代人
　在將來
　　唯一可以稱道的
血和淚的
　虛榮

尾聲

十年來
　我一直想要有一支槍
用它殺死那些
　扼殺了青年靈魂的「人」
現在我仍然想要一支槍

用它打碎攫住我們不放的
十年來的
陰影

選自《詩刊》一九七九年五月號

相信很多人都聽到過這樣的話，「大陸不搞文革了，台灣開始搞文革，搞得比大陸可怕！」台獨偽政權經長期「冷水煮青蛙」式的洗腦，使現在許多台灣青年成為綠色政權的「紅衛兵」。這些綠色恐怖政權的紅衛兵，為爭奪利益，爭相比綠，沒有最綠，只有更綠，誰能更綠，誰就可以更紅！這是現在台島的沈淪！

因此，這首詩的句子，如在寫今之台灣。「我們這一代青年／從二十歲到三十歲吧／真可憐∥畸形和變態嗎？……當魔鬼／還戴著面紗的時候／我們受騙了……無論什麼時候／從臉到心／永遠冰冷……」台灣從大漢奸李登輝開始搞「去中國化」，學校課本全改了，目前大約四十歲前的人都被「毒」化了。要快統一，不能和統，就快武統，拖久問題更大。

台灣年輕一代之所以「畸形又變態」，另外還有一個影響深遠而可怕的原因，是空心菜以領導的身份，大搞同性戀，不法的廢除「一夫一妻組家庭」的優良制度，搞「同婚」政策，後果嚴重且影響很大。不久後的台灣，成為世界同性戀天堂、愛滋病島，最終絕子絕孫，這是比文革可怕百倍的政策！

但放眼過往歷史和今之全世界，我似乎也發現一個很普遍的現象，「人很容易被洗腦、被洗成統治者需要的樣子」。看今之美國、日本、澳洲、加拿大、歐洲、所謂「媒體」都控制在資本家手裡，而資本家和統治階層是「一家人」。因此，媒體基本上只是洗腦工具，人民在環境中不知不覺都失去了「自主性」。

回到〈我們無罪〉一詩，發表在一九七九年五月號的《詩刊》上，這時文革才過，寥寥以身為紅衛兵的經歷，寫出的「懺悔錄」，也是「辯白書」，這是歷史的證言。他不是為自己一人所述，而是為整整一代青年的傷痕，坦然痛悔！

就詩藝而論，詩評家高準也很肯定。行文緊密，語言也很洗煉，情節起伏很有戲劇感，活生生的描繪出當時情景，不能不說是一首動人的詩。

15、舒 婷

舒婷（一九五二—），本名龔佩瑜，福建泉州（晉江）人。童年因父母離異也過得很艱困，初中畢業就到處做工人。一九七九年四月，嚴辰主編的《詩刊》刊出她的〈致橡樹〉一詩，立刻受到注目。

接著在《詩刊》發表〈這也是一切〉和〈祖國啊我親愛的祖國〉，幾乎是「一炮而紅」。瞬間從一個「女工」變成詩人，獲列為「一九七九——一九八〇全國中青年詩人優秀詩詩」得獎者。女工也不當了，調到福建省文聯工作，一九八二年出版詩集《雙桅船》和《舒婷‧顧城詩選》。舒婷的才情天成，散發著人性的光輝。

【詩選】

這也是一切：答一位青年朋友的〈一切〉

不是一切大樹
　都被暴風折斷，
不是一切種子，
　都找不到生根的土壤；
不是一切真情
　都流失在人心的沙漠裏；
不是一切夢想
　都甘願被折掉翅膀。
不，不是一切
　都像你說的那樣；

不是一切火焰
　都只燃燒自己
　而不把別人照亮；
不是一切星星
　都僅指示黑暗
　而不報告曙光；
不是一切歌聲
　都掠過耳旁
　而不留在心上

不，不是一切
都像你說的那樣！
不是一切呼籲都沒有迴響；
不是一切損失都無法補償，
不是一切深淵都是滅亡；
不是一切滅亡都覆蓋在弱者頭上；

不是一切心靈
　都可以踩在腳下，爛在泥裡；
不是一切後果
　都是眼淚血印，而不展現歡容。

一切的現在都孕育着未來，
未來的一切都生長於它的昨天。
希望，而且為它鬥爭，
請把這一切都放在你的肩上。

一九七七年五月二五日

選自《詩刊》一九七九年七月號

詩評家高準對舒婷的詩也有高度評述。她受到廣大讀者的喜愛，一者由於她洋溢的文學才華，再者她有一種母性的光輝帶給人暖意。如這首詩，本來只是回答一個「朋友」，卻像母親安慰鼓舞受傷的孩子，儘管母親也承受苦難，而她先撫慰孩子。

舒婷〈這也是一切〉一詩，是她讀了北島的〈一切〉之後，詩寫的一個回應。北島〈一切〉作於一九七七年初，全詩如下：

一切都是命運
一切都是煙雲
一切都是沒有結局的開始
一切都是稍縱即逝的追尋
一切歡樂都沒有微笑
一切苦難都沒有淚痕
一切語言都是重複
一切交往都是初逢
一切愛情都在心裡
一切往事都在夢中
一切希望都帶著注釋
一切信仰都帶著呻吟
一切爆發都有片刻的寧靜
一切死亡都有冗長的回聲

北島的〈一切〉創作時，文革尚未結束（詩寫於一九七七年初，而這年七月文革正式宣告結束）。他總結當時社會的畸形、變態現象，舒婷認為北島「深刻、響亮而且有力」，高準認為不算過譽。

人是環境的動物，必然會受環境的影響，但不能被環境牽著鼻子走，更不能被環境在不知不覺中洗腦，這當然是不容易。但從〈這也是一切〉詩意看，筆者認為舒婷有抗拒不良環境的智慧，她能在黑暗中找到光明之路，這是她了不起的地方，也是受人敬愛之處。

第四篇　台灣地區暨補遺

1、高　準

高準（一九三八—），江蘇金山人。生在上海是名門之後，他祖父高平子是天文學家，外祖父姚光，是晚清革命團體「南社」後期負責人。高準幼年在西湖之濱居住，一九四六年八歲來台灣，台灣大學政治系畢業，美國堪薩斯大學及哥倫比亞大學研究，澳洲雪梨大學東方學系博士班結業。英國劍橋大學副院士，美國愛荷華大學榮譽作家。

曾任《思想與時代》月刊總編輯，《詩潮》社社長兼編主編。一九八八年共同發起「中國統一聯盟」，並任第一屆執行委員。

高準是中國當代著名的詩人、詩論家，有不少經典作品。已出版的著作達數十種。詩集有《丁香結》、《七星山》、《高準詩抄》、《高準詩集》、《高準詩葉》。其他如《中國繪畫史導論》、《中國大陸新詩評析》、《黃梨洲政治思想研究》等，都是當代之名著。

【詩選】

中國萬歲交響曲

＊

從帕米爾皚皚雪嶺的東面，
一萬里路，直到太平洋浩浩的西邊，
從黑龍江荒寒漠漠的河沿，
一萬里路，直到芒市鬱郁的芭蕉林間。
那是我光榮的祖國之所在，
五千年創造與奮鬥的家園！

那崑崙聳峙，玉龍隱現，
可猶迴蕩著穆王八駿的風煙？
那塞草黃沙，飄風烈烈，
或是呼應著黃帝飛馳的軒轅？
那錢塘波浪，莫非是后禹最後的號令？
那苗山蘆笛，竟是否盤瓠遺世的餘弦？（註一）

萬方之中央呀是巴顏喀喇山脈，
閃閃的繁星冷浸著錚淙的清冽，
錚錚而北，騰躍著，騰躍著黃河的浩蕩，
淙淙而南，奔流著，奔流著大江日夜。
從此是兩條發自心臟的血脈，
擁抱著，擁抱著那永恆的美麗纏綿！

啊，美麗的地呀燦爛的源泉！
錦繡的江山呀，你孳乳著多少英傑！
那秦嶺泰嶽，自古曾孕育幾多聖哲？
那五湖三峽，從來曾凝注幾許詩篇？
那燕趙風雲，曾激盪多少悲歌慷慨！
那江南春水，曾浸潤幾許兒女情懷？

啊，芳菲的地呀永恆的愛戀！
關關的雎鳩呀，歌唱在潺湲的河邊。
楊柳已飄煙，誰能忘那西湖的瀲灩？

月光正似水，堪掬否那灘江的清淺？
蝎蝎的秋風，吹拂著洞庭湖的紅葉，
呦呦的麋鹿，蹦跳在長白山的林間。

＊

啊啊，創造與奮鬥的家園！
你代代呀放射著多少璀璨的光焰！
自從那神農氏種下了第一粒稻麥，
那嫘祖採下了第一顆蠶繭……
闢草萊，開溝洫，治九河，定九州，
篳路藍縷，骿手胝足，創下了堯封禹甸！

啊！那是誰鷹揚牧野，曲章制度垂久遠？（註二）
那是誰一統神州，萬里長城驚萬代！
那是誰馳騁天山，慷慨壯志驅胡羯！
那是誰威揚四海，萬國衣冠來朝拜！
那造紙、印刷與羅盤，更是誰的創建？

啊，永恆的青春啊，你永遠創造著時代！
啊啊，青春燦爛的家園！
澤畔行吟呀，是誰灑布著蘭蕙的芳潔？（註三）
朵朵菊花呀，是誰釀成了永世的詩篇？
舉頭望明月，是誰把清輝夾入了你的書頁？
造化鍾神秀，更何人詩聖大名揚世界？
多少珍花香草呀，馥郁著人類的心田！

＊

而你忽然轉入了茫茫的長夜，
你輝煌的生命呀曾在黑霧裡遮掩。
但當你衝破了那漫漫的黑暗呀，
當燦亮的朝霞再度映上了你晶瑩朝露下的容顏，
你是多麼分外的絢麗鮮艷呀，
你昂然站立在地球上呀，是這樣的挺秀雄健！

啊，看呀！當太陽從東方昇起，
祖國呀，你每一滴的血液呀都在流向光明！
灌溉著，灌溉著每一個細胞，每一片芳甸，
鼓舞著，鼓舞著每一根神經，每一座心田！
在黎明的光輝下奮鬥創造，
不息的進步向前！

啊啊，如花如畫的祖國呀！
山嶺上呀是你翡翠的林海，
平野上呀是你金黃的稻麥，
風吹雲湧是你草原的放牧，
萬點明珠是你廣大的油田！
你呀你是這樣的俊美皎潔！

啊啊，祖國呀祖國！
地靈人傑的創造奮鬥的家園！
我願你神州十億，人人儘是英雄！
我願你五湖四海，處處奮鬥著豪傑！

我願你萬里江山，遍地歡聲雷動！
我願你百世千年，永遠是立地定天！

啊啊，天下之中的如花之國呀！
你原是一注永恆不絕的甘泉，
灌溉著心田呀膏腴著人間。
你原是呀一叢永不熄滅的焰彩，
燃點著生命呀照耀著世界！
人誰呀又能把你的光華掩蓋？

＊

啊，那麼，就讓我們這樣的相約：
雖然是相隔著萬里重重，白浪滔天。
每當那第一聲雞鳴啼破了暗夜，
我們要親密地呼喚著彼此的名字，（註四）
神情的，守候著，共同的明天！
堅定的，勇敢的，從頭邁越！

啊！卿雲燦，曙光現！攜手且揮鞭！
西出玉門，春風楊柳舞翩躚，
北馳瀚漠，極目無垠牧草連，
南望瓊崖，滄海朝霞波灩灩，
東臨臺島，，且直上——珠穆朗瑪巔！

啊啊，魂牽夢縈的文明之邦呀！
風起兮雲飛，舉目呀是碧海青天，
拔劍兮揚眉，盈耳呀是波濤澎湃！（註五）
啊，你終必要掃除一切的陰霾，
金光燦爛，普照世界！
萬方樂奏，天上人間！（註六）

選自《詩潮》社編，《民族文學的良心——高準作品評論選》，台北文史哲，一九九二年八月。

我相信，高準這首〈中國萬歲交響曲〉是可以傳世的經典作品，老夫筆拙，找不到如何形容的字詞，只能按高準原意詮釋。原詩有六個註釋。

註一 據考證，盤古開天是從槃瓠神話而來，源自西南苗族，句中「盤瓠」是綜合「盤古」和「槃瓠」二名，以兼示開天闢地和苗族淵源的雙義，也是槃瓠公主的簡寫，以與句中的「蘆笛」「餘弦」相接應。

註二 分別是周、秦、漢、唐四個中國歷史偉大的朝代；

註三 這句起四行分別指屈原、陶潛、李白、杜甫四個偉大的詩人。

註四 以上四行改寫自〈誓約之歌〉（方殷詞、李抱忱曲）。

註五 拔劍兮揚眉，是用天安門革命詩句「我哭豺狼笑，揚眉劍出鞘」的典故。

註六 最後兩行誦讀時應重複一遍。以上是高準對原詩的註解。

全詩十六段九十六行，結構非常嚴謹，可分為四個樂章：(一) 一到五段是山河的禮讚；(二) 六到八段是歷史的光榮；(三) 九到十三段是英雄的人民；十四到十六段是光明之展望。

兩岸文壇詩界名家，都對高準有高度評價，如：莊嚴、熊式一、俞大綱、胡秋原、丁潁、瘂弦、楚戈、邵燕祥、古繼堂、陳映真、黃翔、古遠清、吳明興……

2、紀　弦

紀弦（一九一三—二〇一三）。原名路逾，筆名路易士等，祖籍陝西，生於河北清苑，曾創辦《現代詩》季刊，成立「現代派」，倡導詩的現代化。他於二〇一三年四月二十七日逝世，享壽百歲，應是當代中國詩人中，最高壽者。

紀弦出版的詩集有:《易士詩集》、《行過之生命》、《火災的城》、《愛雲的奇人》、《三十前集》、《無人島》、《飲者詩抄》、《晚景》、《半島之歌》。二〇〇八年時，由台北文史哲出版社出版《年方九十》詩集，應是最後一本。

【詩選一】

狼之長嘷

我獨來獨往了一輩子，
就憑著這兩條狼一般瘦瘦長長的腿。
而你們那些短短的肥肥的，
怎麼能夠和我相比？

我其實並沒有和誰賽跑的意思。

只不過彳亍在這
既渺小又荒涼的第三號行星上，
除了朝著天狼——
我那天上的雙胞胎弟兄
長嗥數聲，
就再也沒有什麼好玩的了。

後記：的那首名作〈狼之獨步〉，一九六四年作於台北，朋友們看了都很喜歡。四十年後的今天，我居然又完成了這首新作，可算是〈狼之獨步〉的姊妹篇。（二〇〇五年一月二十七日，紀弦記於聖・馬大奧老人公寓之北窗下。）

世上有兩種人都是孤獨者，而詩人更是孤獨中之更孤獨者。但同是詩人群中，也有孤獨程度之不同，本質上，所有詩人都是獨來獨往。因此，在台灣詩人群中，紀弦不是獨孤之最，因為有個「孤獨國王」周夢蝶。

詩人還有一個特質，要把自己拉到最高，天底下所有一切都貶下去，地球貶成「藐小又荒涼」。自己的腿瘦瘦長長，別人都是短短的肥肥的，感覺上，紀弦像老頑童，盡情在玩他的詩和人生。

【詩選二】

九十自壽

我寫了許多許多的壞詩，
而也不是沒有一些好的，一些傑作與金句，
例如「戀人之目」、「狼之獨步」……
面對著全世界全人類，
我想我已足以當一個POET之稱
而無愧了。　可是，有誰會知道呢？
在此世，
　　我活著，
　　　　好辛苦。
饑餐粉筆灰，
渴飲紅墨水，
頭上從未戴過一頂烏紗帽，

胸前從未掛過一枚勳章；
至於諾貝爾獎，
早就應該被提名了，
然而始終也沒有誰
問過我一句要不要——
多麼的寒冷啊！

在此世，我活著，好辛苦。
從一九一三到二千零三，
迄今已有九十個三百六十五天了。
當然，還有一些閏年二月多一天的，
不也必須加上去一同計算嗎？
但我是個數學不及格的，
加或不加 I don't care。
那就讓我舉起來我的高腳杯，
三呼紀弦萬歲詩萬歲吧。

轉錄自紀弦詩集《年方九十》
（台北：文史哲出版社，二〇〇八年六月）

人活到九十歲，不論他是貧富，大約是真正的孤獨了。朋友走的走、離的離，自己也諸多不便出門交際，這年頭兒女大多也離的遠遠，只顧個外傭看著，寂寞啊！幸好紀弦九十歲還能寫詩。

這首詩像是詩人對生命的總結，覺得當一個詩人應該無愧了，他已努力當一個詩人。事實上，身為一個詩人，一生可能創作很多首詩，但要有一首或一句成為「傳世經典」，就已是了不起，已是成功！

紀弦的名作是一九六四年的〈狼之獨步〉，詩人已走了，他這首詩會流傳下去，至少二百年內「死不了」！

3、周夢蝶

周夢蝶（一九二一—二〇一四）。本名周起述，河南省淅川縣人。一九四八年隨軍來台，一九五二年開始寫詩，一九五五年退伍後，加入《藍星》詩社。

周夢蝶最著名詩集是《孤獨國》和《還魂草》，也是兩首詩的詩題。另有《周夢蝶世紀詩選》、《約會》、《十三朵白菊花》，其他也有散文集，《孤獨國》於一九九九年，獲選「台灣文學經典」。

【詩選一】

孤獨國

昨夜，我又夢見我
赤裸裸地趺坐在負雪的山峰上。

這裏的氣候黏在冬天與春天的接口處
（這裏的雪是溫柔如天鵝絨的）
這裏沒有嬲騷的市聲
只有時間嚼著時間的反芻的微響
這裏沒有眼鏡蛇、貓頭鷹與人面獸
只有曼陀羅花、橄欖樹和玉蝴蝶
這裏沒有文字、經緯、千手千眼佛
觸處是一團渾渾莽莽沉默的吞吐的力
這裏白晝幽闃窈窕如夜
夜比白晝更綺麗、豐實、光燦
而這裏的寒冷如酒，封藏著詩和美

甚至虛空也懂手談，邀來滿天忘言的繁星……

過去佇足不去，未來不來
我是「現在」的臣僕，也是帝皇。

尼采說：「孤獨，你配嗎？只有天才和瘋子才有資格享有孤獨，一般人只是寂寞。」所以孤獨是高貴的，周公不像瘋子，比較像天才，只有天才有能力建設國家，他的國叫「孤獨國」，這國裡沒有壞蛋和惡毒，只有美麗的花朵和自由的蝴蝶。所以周公是這國的皇帝，我是「現在」的臣僕，這是對眾生而言。「也是帝皇」，全世界最窮的帝皇，窮的只剩下詩和夢！

【詩選二】

還魂草

「凡踏著我腳印來的
我便以我，和我底腳印，與他！」
你說。

這是一首古老的，雪寫的故事
寫在你底腳下
而又亮在你眼裡心裡的；
你說。雖然那時你還很小
（還不到春天一半裙幅大）
你已倦於以夢幻釀蜜
倦於在鬢邊襟邊簪帶憂愁了。

穿過我與非我
穿過十二月與十二月，
在八千八百八十之上
你向絕處斟酌自己
斟酌和你一般浩瀚的翠色。
南極與北極底距離短了，
有笑聲嘩嘩然
從積雪深深的覆蓋下竄起，
面對第一線金陽

面對枯葉般匍匐在你腳下的死亡與死亡

在八千八百八十之上
你以青眼向塵凡宣示：
「凡踏著我腳印來的
我便以我，和我底腳印，與他！

註：傳世界最高山聖母峰頂有還魂草一株，經冬不凋，取其葉浸酒飲之，可卻百病，駐顏色。按聖母峰高拔海八千八百八十二公尺。

錄自周夢蝶詩集《還魂草》，台北：文星書店，一九六五年七月二十五日。

人類自古以來，東西方文明文化都有追求仙藥、永保青春乃至永生不老的神話故事。這些故事也往往成了作家、詩人或小說家創作題材，甚至拍成電影，吸引更多人目光。預判未來，人類這種欲望（理想、好奇心），不會減退，仍有此類作品問世，如這株〈還魂草〉。

還魂草可以使已死或失魂者，重新回魂，這當然是不可能，但仍給人一種很浪漫的幻想。「凡踏著我腳印來的／我便以我，和我底腳印，與他！／你說」。但對於堅持理想去追求的人，還有什麼是得不到的，包含一株還魂草！

4、墨　人

墨人（一九二〇—二〇一九），本名張萬熙，江西九江人。《墨人全集》於二〇一一年，已由台北文史哲出版社出版，共有六十多巨冊，老一輩的詩人作家尚未見一生有六十多本書，其中有很多本造成兩岸「轟動」。

他的長篇小說《紅塵》在民國八十年十二月起，由中國廣播公司「小說選播」達半年多，八十四年又由台北廣播電台選播。一九九〇年墨人應邀訪問大陸四十天，各地電視、電台全程拍製專集，也造成兩岸轟動。

墨人也很早寫詩，新詩和傳統詩也有不少名篇，創作和有關詩學詩論研究，也出了不少專書（均可參閱他的全集）。他也是長壽詩人，活到一百歲才取得西方極國簽證。

【詩選】

最後的勝利

一

來了
戰爭到底拍著
勝利的翅膀
矯健而輕捷地
向我們飛來了

感謝你
我們的年輕的報務員
勝利的使者啊
你第一個向我們
報告這興奮的消息
報告這使我們歡喜得
流出眼淚的消息：
「日本無條件投降！」
這喜悅的聲音

這有力的字句啊
像久旱後的暴風雨
真使我們歡喜得發狂

從今夜起
我們有了做人的資格了
從今夜起
我們可以挺起胸膛走路了

從今夜起
我們可以盡情地歡笑
從今夜起
我們可以大聲地說話了……

二

大街上
到處響著劈劈拍拍的爆竹聲

到處響著勝利的呼喚
……

在勝利的夜裡
我們的爆竹
彈得土地發燒
我們的火把
炕得臉上發熱
我們的喉嚨
歡呼得完全嘶啞
我們的創傷的心啊
也揭去了瘡疤

在這勝利的夜裡
我們像新婚之夕那樣地興奮
通宵，我們沒有合上一下眼睛

三

好哇！你店鋪裡的小伙計
昨夜的爆竹殼
還沒有打掃出去
天一亮
……

哎哎！別再拉拉扯扯吧
我們一齊去
盡情地乾杯
你，海量的先生們
舉起杯來傾倒吧
今又不是應酬
今天不是請客

你，滴酒不嘗的太太們
你，羞人答答的小姑娘啊

請敞開你們的朱唇吧
大家來乾這第一杯

哎哎，乾掉這第一杯……

喂，你們別在那裡
唧唧噥噥做鬼，你們是在講誰
——我麼
我還沒有醉
嗯嗯！我還沒有醉……

一九四五年八月一二日稿於樂平。
錄自《墨人半世紀詩選》
台北文史哲出版社一九九五年元月

小倭鬼子「無條件投降」，中國得到最後勝利，這是我大中華民族用一億軍民生命換得的「慘勝結果」。當時一定有很多詩人寫出勝利之詩作，但那些作品經這數十年「清洗」，絕大多數已經「死光了」，墨人這首仍「活在世人心中」，這是這首詩的歷史價值！

〈最後的勝利〉一詩，是三節共一百四十行的長詩，很直白的可以讓每個中國人看懂，也很有深意，其弦外之意更有警示作用。「從今夜起／我們有了做人的資格了／從今夜起……」為什麼今夜起中國人才有「做人」的資格？難道昨天之前中國人都「不是人嗎？」

詩人是想要引起國人悟到一個問題，如果沒有勝利，而是小倭鬼子佔領了全中國。那麼，所有中國人都成了小倭鬼子的奴隸，連狗都不如，如何「做人」呢？這是詩人字面沒說，讀者要悟出的弦外之音。

台島這幾十年已儼然成為「台獨偽政權」，拼命搞「去中國化」，分裂國家、民族，造成社會嚴重分裂。對於抗戰歷史刻意漠視，甚至醜化，只是一味要倒向小倭鬼子，真是中華民族的敗類。近來大陸對「頑固台獨份子」制裁，真是大快人心！不知道這個「非法政權、地方割據」何時滅亡！詛咒這些台獨妖獸，早滅亡！

對於「小日本鬼子」，筆者至少已在二十本著作，大力倡導「本世紀中葉前以核武消滅倭國，是中國人的天命」。小倭鬼子是亞洲的「大不和民族」，這個種族天生有侵略性，是人類這物種的「低等變種」，不應該存在於地球之上，這邪惡之國遲早必亡！

日本遲早必亡不是我的偏見，而是許多科學家（含美帝）的研究結果。該列島東側海底，已被大洋淘空，加以馬尼亞納海溝向北快速裂開，直指列島地底層，遲早該列島必沉入海底。或由大地震引起，也必島沉族亡，但說來這也是因果！

五百年來，小倭鬼子不斷發動「滅亡中國」之戰，導致數億人傷亡，未來該列島沉沒，亡國滅種，不過是因果報應；一種宇宙間，合乎公平和人權的自然法。

5、余光中

余光中（一九二八—二〇一七）。論名氣和地位，台灣詩壇余光中可以排第一（當然，他也有很多爭議，甚至非議。但是，世上的活人，誰沒有一點問題，要說沒有問題的，約是「死人」吧！只有死人再也沒有問題。）

余光中，福建永春人，一九二八年出生在南京，他的學經歷就不用介紹了。

【詩選一】

鄉　愁

小時候
鄉愁是一枚小小的郵票

我在這頭
母親在那頭

長大後
鄉愁是一張窄窄的船票
我在這頭
新娘在那頭

後來啊
鄉愁是一方矮矮的墳墓
我在外頭
母親在裡頭

而現在
鄉愁是一灣淺淺的海峽
我在這頭
大陸在那頭

錄自《余光中詩選一九四九——一九八一》，台北洪範書店，二〇〇六年四月。

〈鄉愁〉可能是余光中最著名的詩，由於大陸領導人（好像是習近平主席）曾經朗誦過。因此，聽過此詩引起共鳴的人，可能有數億人，讓這麼多中國人共鳴，功德無量，詩史自然會記下一筆，流傳後世。

一九四九年以後，許多詩人漂流到這南蠻孤島，寫了很多鄉愁很重的詩。中國歷史似乎每隔數百年有一次「南渡」規律，一九四九年後的「南渡」鄉愁最濃。

【詩選二】

蓮的聯想

已經進入中年，還如此迷信
　迷信著美
對此蓮池，我欲下跪
想起愛情已死了很久
　想起愛情
最初的煩惱，最後的玩具

想起西方，水仙也渴斃了
　拜倫的墳上
為一隻死蟬，鴉在爭吵
戰爭不因漢明威不在而停止
　仍有人歡喜
在這種火光中來寫日記
虛無成為流行的癌症
　當黃昏來襲
許多靈魂便告別肉體
我卻拒絕遠行，我願在此
　伴每一朵蓮
守小千世界，守住神秘
是以東方甚遠，東方甚近

心中有神
則蓮合為座，蓮疊如台
諾，葉何田田，蓮何翩翩
你可能想像
美在其中，神在其上
我在其側，我在其間，我是蜻蜓
風中有塵
有火藥味。需要拭淚，我的眼睛

一九六一年十一月一日，錄自《余光中詩選一四九——一九八一》，台北洪範書店，二〇〇六年四月。

這詩在說什麼？人到中年的一種心情表白，已過不惑之年很久了，心中早已無惑，且凡事大都可以放下。放下身段，謙卑面世，所以「對此蓮池，我欲下跪」。蓮在中國或佛教文化，是聖潔的象徵，詩人下跪以表達最高最虔誠之禮贊！暗示

「中國新詩」，就是中國的，非西方的。

人到中年，還會固執於什麼？「想起愛情已死了很久／想起愛情／最初的煩惱，最後的玩具」。愛情本來也很高尚珍貴，乃至神聖偉大，如今只是一種玩具，誰都可以把玩，這是否「世風日下」，或時代的新潮流！

余光中有些詩被譜成流行歌，大街小巷都在唱，這也是他會出名的原因之一。如這首〈昨夜你對我一笑〉，曾經很流行，現在仍有人唱：

昨夜你對我一笑，
到如今餘音嫋嫋，
我化作一葉小舟，
隨音波上下飄搖。

昨夜你對我一笑，
酒渦裡掀起狂濤；
我化作一片落花，
在渦裡左右打繞。

昨夜你對我一笑，
啊！
我開始有了驕傲：
打開記憶的盒子，
守財奴似地，
又數了一遍財寶。

一九五一年四月十二日錄自《余光中詩選一九四九——一九八一》，台北，洪範書店，二〇〇六年四月。

大凡一首詩要能流傳，「平易近人」絕對是重要條件之一，如這首詩，任誰一聽都能會心一笑，這便是引發「情緒感染」的小小動力。無數人有共鳴，就是許多小動力的相乘，推動作品可以流傳下去，百年、千年，都是很有可能，「傳世經典」於焉誕生！

對於余光中，至今一事我仍感不平，他死的時候，空心菜身為領導，照理（禮）都要去看看或悼念一下，她卻不聞不問不理，真是可惡。而不久後，美帝領導拜登死了一條狗，小倭鬼國死一漫畫家，她發文悼念，多麼變態！多麼邪惡的妖女！

二〇二一年台灣疫情因她無能和邪惡，白白死了八百多人，她也不問不聞不理不管，多可怕的女人。這是什麼鬼地方、魔鬼島，找這些妖魔當領導，真是台灣人的不幸，台灣人的悲哀！

說到這裡越說越生氣，郝柏村死的時候，她也是不聞不問不理不睬，郝是國之重臣，難道不如拜登的狗。真的是台灣人全都瞎了狗眼，才使這人妖來當家，因果報應啊！歷史不會原諒她！眾神也不原諒她！我以春秋史官的職責，留下這白紙黑字！

6、楊　喚

楊喚（一九三〇—一九五四）。本名楊森，陸軍上士文書，遼寧興城人，他是一九五〇年代，台灣童詩的先驅。民國四十三年（一九五四）三月七日，詩人要到台北西門町看一場電影，在平交道上死於火車輪下，時年才二十五歲，一個詩人就這樣瞬間，死了！

楊喚逝世後，在詩人紀弦的努力下，四十三年九月由《現代詩社》出版了他的詩集《風景》。到民國五十三年，由台中光啟社顧神父保鵠博士的幫助，再版改《楊喚詩集》，並由紀弦寫了一篇序。

【詩選】

號角．火把．投槍：給詩人李沙

像古老而不衰弱的地球，
永遠孵育著新希望的人類，
苦難而倔強的中國呀，
也永遠要聳立在黎明的東方。

決不流淚，決不投降，
雖然被暴力劫奪了母親的土地，
而我們哪，
卻用戰鬥的血手
緊緊地擁抱了不屈服的海洋。

像反抗暗夜的向日葵，
我們永遠朝向真理的太陽；
像熱戀藍天的雲雀，
我們也將永遠爲著自由歌唱。

「帶怒的歌」，
是你的第一面光輝的戰旗，
是你唱給我們的第一樂章，
但是，我還在急切地熱望著
你再給我們譜出一串撼人心弦的大交響。

哦！李莎呀，李莎。

吹起來，吹起來，
我們那飄動著美麗的流蘇的詩的號角！
燒起來，燒起來，
我們那燃燒著灼熱的血的火焰的詩的火把！

擲過去，擲過去，
我們那鋒利而又雪亮的詩的投槍！

錄自《楊喚詩集》，台中光啟出版社。
一九六四年九月初版。一九八四年元月十三版。

楊喚是天才且天生的詩人，在《楊喚詩集》中，有覃子豪的〈論楊喚的詩〉、葉泥有〈楊喚的生平〉、歸人〈憶詩人楊喚〉、紀弦〈從楊喚逝世到風景出版〉。另，李莎有〈哀歌二章〉，抄錄如下：

深沉的愛

啊！楊喚，因了愛的燃燒，
為點亮的理想活過的歲月，
它畢竟是美麗的，於是
你說：「生活像風景。」

你的歌正似輝煌的烈焰，
你的天才像燦爛的火花
閃爍。而你幸福的幻夢碎了！
孤獨地渡過許多流淚的時光。

突至的死神似披著黑紗的少女，

冰涼的嘴唇，吹熄生命的燈，
她窒息了你的呼吸，
無情地帶走了你青春的歌聲。

去了，向另一個冷漠的世界，
撒落的詩葉由它飄零，
你，白馬的騎者啊，
永遠，永遠不再歸來！

啊，塵封了你的豎琴，
我要熱烈地把它彈響；
這歌音，將會使人們瞭解，
你寂寞的靈魂，深沉的愛。

不凋的花

生命的盡頭是冷的林園，
閃爍的星辰是永恆的墓碑，

你的詩是不凋的花。

楊喚死了！紀弦死了！李莎死了！死於不同的年代，死於不同的年紀！相同的是，他的作品留下來，他們的詩，沒死！還活得好好的，在我心中！

二千年前，楊修問司馬懿：「現在死和二十年後死，有什麼差別？」又更早，阿基里斯（木馬屠城的指揮官）問一女人：「現在死和五十年後死，有什麼差別？」

7、蓉　子

蓉子（一九二二—二〇二一）。本名王蓉芷，江蘇揚州人，主持後期《藍星詩頁》，她和羅門是當代著名的夫妻檔詩人，她有「永遠的青鳥」、「現代李清照」之美名。她晚年原在台灣一家養老院和陳若曦一起養老，後由大陸親人接回，二〇二一年元月九日，在江蘇老家逝世，享壽百歲。

一九五三年她出版《青鳥集》，是戰後第一本女詩人詩集，一九六一年出版《七月的南方》。之後，她的詩集尚有《蓉子詩選》、《羅門蓉子詩精選》、《千曲之聲》。她過逝之後，大陸定會有她的全集出版。

【詩選一】

青　鳥

從久遠的年代裡——
人類就追尋青鳥，
青鳥，你在哪裡？

青年人說：
青鳥在邱比特的箭鏃上。
中年人說：
青鳥伴隨著「瑪門」
老年人說：
別忘了，青鳥是有著一對
會飛的翅膀……

一九五〇年錄自《千曲之聲——蓉子詩作精選》
台北文史哲出版社，民國一九九五年四月

〈青鳥〉是蓉子寫於一九五〇年，應是她的成名作和代表作之一，青鳥是人生之所愛，每個時代愛的不一樣。老年人積數十年之經驗，警示愛長了「會飛的翅膀」，不論你得到什麼！都會飛走！

「瑪門」（Mammon, Amon, Amen, Amun），在新約聖經中指人類七宗原罪中的貪婪。在牛津詩典是「財神」之意，敘利亞語也指財富。

【詩選二】

我的粧鏡是一隻弓背的貓

我的粧鏡是一隻弓背的貓
不住地變換它底眼瞳
致令我的形像變異如水流

一隻弓背的貓　一隻無語的貓
一隻寂寞的貓　我底粧鏡
睜圓驚異的眼是一鏡不醒的夢
波動在其間的是
時間？　是光輝？　是憂愁？

我的粧鏡是一隻命運的貓

如限制的臉容　鎖我的豐美於
它底單調　我的靜淑
於它底粗糙　步態遂倦慵了
慵困如長夏！

捨棄它有韻律的步履　在此困居
我的粧鏡是一隻蹲踞的貓
我的貓是一迷離的夢　無光　無影
也從未正確的反映我形像。

錄自《千曲之聲——蓉子詩作精選》
台北文史哲出版社，一九九五年四月

這首也是蓉子的代表作，兩岸都有詩論者對這首詩提出評述，詩意可以有很多解譯。一般詩中之「貓」，都是神秘、孤獨、寂寞的象徵，這首詩也是。

這隻貓其實是蓉子當時的心境，寂寞、無語、無光、無影。顯然，已沒有〈青鳥〉時代那樣單純、開朗了！是婚姻嗎？

8、洛　夫

洛夫（一九二八─二〇一八），湖南衡陽人。原名莫運端，後改名莫洛夫，筆名洛夫。一九五四年和張默、瘂弦等共創《創世紀》詩刊，是現代中國詩壇一大盛事。有「詩魔」之稱的他，已在二〇一八年三月十九日，逝世在台北榮總，享壽九十歲。

洛夫代表作有《魔歌》、《石室之死亡》、《因為風的緣故》、《洛夫詩選》和三千行長詩《漂木》等。他在現代中國詩壇，也有很高地位。

【詩選】

邊界望鄉

說著說著
我們就到了落馬洲

霧正升起，我們在茫然中勒馬四顧
手掌開始生汗

望遠鏡中擴大數十倍的鄉愁
亂如風中的散髮
當距離調整到令人心跳的程度
一座遠山迎面飛來
把我撞成了
嚴重的內傷

病了病了
病得像山坡上那叢凋殘的杜鵑
只剩下唯一的一朵
蹲在那塊「禁止越界」的告示牌後面
咯血。而這時
一隻白鷺從水田中驚起
飛越深圳
又猛然折了回來
而這時，鷓鴣以火發音
那冒煙的啼聲

一句句
穿透異地三月的春寒
我被燒得雙目盡赤，血脈賁張
你卻豎起外衣的領子，回頭問我
冷，還是
不冷？

驚蟄之後是春分
清明時節該不遠了
我居然也聽懂了廣東的鄉音
當雨水把莽莽大地
譯成青色的語言
喏！你說，福田村再過去就是水圍
故國的泥土，伸手可及
但我抓回來的仍是一掌冷霧

一九九九年・香港
轉引自《揚子江》詩刊，二〇一四年第四期

一首鄉愁之作，一開始便毫不隱晦地切入到望鄉和鄉愁主題，濃郁的懷鄉之情隨著詩行鋪展，漸趨發酵。再度證明，「南渡」是鄉愁的溫牀，尤以一九四九年之「南渡」，打破中國史以往之記錄。

洛夫一九七九年到香港時，從一九四九年起算，離開大陸已三十年，遠離家鄉故土三十年，回鄉依然遙遙無期，這是多麼感傷的事，只能望洋興嘆！

春寒料峭的三月，洛夫在余光中陪同下，參觀落馬洲邊界。落馬洲毗鄰深圳河，是香港和中國內地的邊界。《揚子江》詩刊二〇一四年第四期，曾攀高度解析並評述這首詩。但洛夫的經典，應是三千行長詩《漂木》。

9、瘂弦

瘂弦（一九三二—），原名王慶麟，筆名瘂弦，河南南陽縣人，他是「創世紀金三角」之一，素有「詩儒」之美名。在兩岸詩壇上，他和洛夫、余光中著名之聲量，亦不相上下。

以一本《瘂弦詩抄》屹立詩壇，是兩岸文壇詩界歆羨之美談，現代詩之顛峰谷壑，陰陽昏曉，其秀美典雅，盡在他的詩中。他其他詩集尚有《深淵》、《瘂弦詩集》、《如歌的行板》等。

【詩選】

坤伶

十六歲她的名字便流落在城裡
一種淒然的韻律

那杏仁色的雙臂應由宦官來守衛
小小的髻兒啊清朝人為她心碎

是玉堂春吧
（夜夜滿園子嗑瓜子兒的臉！）

「哭啊……」
雙手放在枷裡的她

有人說
在佳木斯曾跟一個白俄軍官混過

一種淒然的韻律
每個婦人詛咒她在每個城裡

一九六〇年八月二十六日
錄自《揚子江》詩刊，二〇一四年第三期。

寫一個歹命的傳統時代戲子（今稱藝人），十六歲就流落城裡討生活，過著淒涼的日子。更由於她天生漂亮，若生在封建時代，她會被選入宮中，由宦官守護著。她的美麗吸引大批男士，卻叫所有女人痛恨。

身為戲子「苦啊……雙手放在枷裡的她」，每天都身不由己，如身在牢裡，雙手在枷裡。痛恨她的女人們散播流言，說她和白俄軍官鬼混，詩意也暗示坤伶流落到遙遠的北方！

10、食 指

食指（一九四八—）。原名郭路生，山東魚台人，一九六九年在山西汾陽杏花村插隊務農，一九七一年入伍任舟山警備區戰士，後轉業任北京光電所研究員。

一九七二年因精神問題，陷入長期病困。

現代新詩人仍在世，其作品便被詩評家評為「經典」，極為少見，食指可能是我記憶所及的唯一。食指出版的詩集有《相信未來》、《食指黑大春現代抒情詩合集》、《食指的詩》等。

【詩選】

相信未來

當蜘蛛網無情地查封了我的爐臺，
當灰燼的餘煙歎息著貧困的悲哀，
我依然固執地鋪平失望的灰燼，
用美麗的雪花寫下：相信未來。

當我的紫葡萄化為深秋的露水。
當我的鮮花依偎在別人的情懷。
我依然固執地用凝霜的枯藤，
在淒涼的大地上寫下：相信未來。

我要用手指那湧向天邊的排浪，
我要用手掌那托住太陽的大海，
搖曳著曙光那枝溫暖漂亮的筆桿，
用孩子的筆體寫下：相信未來。

我之所以堅定地相信未來，
是我相信未來人們的眼睛——
她有撥開歷史風塵的睫毛，
她有著看透歲月篇章的瞳孔。

不管人們對於我們腐爛的皮肉，
那些迷途的惆悵、失敗的苦痛，
是寄予感動的熱淚、深切的同情，
還是給予輕蔑的微笑、辛辣的嘲諷。

我堅信人們對於我們的脊骨，
那無數次的探索、迷途、失敗和成功，

一定會給予熱情、客觀、公正的評定，
是的，我焦急地等待著他們的評定。

朋友，堅定地相信未來吧，
相信不屈不撓的努力，
相信戰勝死亡的年輕，
相信未來，熱愛生命。

食指《相信未來》一九六八。
錄自《揚子江》詩刊，二〇一一年第五期

大陸詩人・詩評家汪政，在《揚子江》詩刊第二〇一一年第五期（總74期），一篇〈黑暗年代的華章——讀食指的〈相信未來〉〉評論說：「〈相信未來〉已經成為當代詩歌的經典，經典的特徵之一是它能夠從當時的語境中脫離出來，並且超越所有具體的語境而通行無阻。」（詳見該期四一——四六頁）

三年後，《揚子江》詩刊二〇一四年第三期（總第九〇期），汪政再論〈相信未來〉是當代詩歌之經典。強調這首詩「語境通行無阻」，在這通行過程中，成為孤立的文本，能被所有人接受。最後它成為符號化、工具化，本義不再重要，重要的是人們可以用它來表達自己的語義，〈相信未來〉正朝這方向發展。

11、吳奔星

吳奔星（一九一三—二〇〇四）。湖南省安化縣人，詩人、學者、教授，二十世紀三〇年代現代派詩歌代表詩人之一。其創作兼容東西方詩歌藝術之長，以自由體詩傳達中國古典詩詞的意境，形成獨特的詩風。

《暮靄》和《春焰》是他早年兩部詩集，惜因盧溝橋事變，詩集不及裝訂便毀於砲火。幸有手稿保留大部份詩篇，二〇一二年為紀念吳奔星百年誕辰，北京昆侖出版社出版《暮靄與春焰——吳奔星現代詩鈔》，傳承並紀念其不朽詩魂。

【詩選】

保衛南京

南京，堂皇的京城，
「四百兆」人民，一條心，
咿唉呀！保衛「南京」！

南京，美麗的盛京，
遠則宋、齊、梁、陳，
近則民國之誕生；
一草一木，一沙一石，
都染有我祖先的血腥，
我們要守衛，守衛南京，
莫辜負了締造之艱辛！

揚子江的浩浩蕩蕩，
紫金山的陰陰森森，
玄武湖的槳聲，
秦淮河的歌音，
還有「二三百萬人」的熙來攘往，
看看將染海島之氣氛，
任你鐵石為心，也應速起干城！
聽！陣陣轟隆聲，

看！群群大和兵，
洶洶湧湧，將毀滅我們這「都城」！
紫金山上白楊蕭蕭，
隱隱約約，地下發出一片呻吟：
「四百兆」子孫，
起！起！起！死守「南京」！

南京，堂堂的京城，
「四百兆」人民，一條心，
咿呀唉！保衛「南京」！

十一月廿五日上午寫於南郊

錄自《揚子江》詩刊，二〇一二年第六期

這首〈保衛南京〉，發表於一九三七年十二月二日黎澍主編的《火線下》（三日刊），距離倭鬼攻陷南京，造成慘絕人寰的「南京大屠殺」僅十一天。

新詩史專家認為，當時以「保衛南京」為題的新詩作品，目前可確認的，只此一首。此詩藝術價值高，也有史料價值，為此一事件之證言。

吳奔星的詩作，〈曉望〉、〈都市是死海〉、〈小鳥辭〉、〈門裡關著一個春天〉、〈別〉，都有廣泛影響。他在一九三六年在北平師大讀書期間創辦《小雅》詩刊，與戴望舒主編的《新詩》、路易士（紀弦）主編的《詩志》相呼應，也曾任《揚子江》詩刊顧問。

12、文曉村

文曉村（一九二八—二〇〇七）。河南省偃師縣甄家莊人，又名立業、青雲，筆名白沙、伊川。一九四四年青年從軍，經抗日、內戰、抗美援朝三次戰爭，一九五四年來台，一九七三年以待退軍官入讀台灣師大，畢業後從事教職。一九六二年與友人創辦《葡萄園》詩刊，以「健康、明朗、中國」為該刊宗旨。

文老的詩集有《第八根琴弦》、《一盞小燈》、《山碧山清》、《文曉村詩集》、《九卷一百首》、《誓約》、《文曉村短詩選》等。另有評論、自傳、編選集等多種，當代中國詩壇上，他是不可或缺的一位，筆者與他有約十年因緣，他是可敬的長者，了不起的詩人和新詩傳播貢獻者，兩岸文化文學交流實踐者。

【詩選】

一盞小燈

在荒漠的曠野
野狼的嗥叫　令人毛髮聳動
遠方　那一閃
　熒熒的亮光
可是一盞小小的燈？

在深夜的海上
黑色的風浪　撞擊著水手的心
遠方　那一閃
　淡淡的亮光
可是一盞小小的燈？

在濃霧的島上
風平浪靜　星兒也跌入夢境
遠方　那一閃

　　朦朦的亮光
可是一盞小小的燈？

縱然是白晝
都市和鄉村歡笑般的
炫耀著春花秋月的風景
我的心靈啊　依然渴望
那一盞小小的燈

而我知道
在這個世界上
那一盞夢幻的小燈
是永遠無法接近的
便只有默默地
把心貼了上去

一九七三年四月寫於金門
《葡萄園》詩刊第四十六期（一九七三年十一月）

任何詩人作家之作品，若能被選入國家各級學校教科書內，讓全國青年學子閱讀，幾可判定這作品很接近「經典」了，更是最有機會成為「傳世之作」。文老這首〈一盞小燈〉，曾入選國民中學課本教材，是文老的代表作，是詩人一生志願的象徵。

文老生前創辦《葡萄園》詩刊，每期封面印有「健康、明朗、中國」六個大字，這是詩刊的宗旨。但我後來看到的《葡萄園》詩刊，已經沒有這六個字，照理說「宗旨」不可改，要改的只有另立門戶。令人不解，是否文老一走，他的「徒子徒孫」就搞起「去中國化」了？是誰改的？他要向誰表態？費解！可惜！文老在天不安！

13、邵燕祥

邵燕祥（一九三三—二〇二〇）。浙江蕭山人，出生在北京，約九年前常看到他的作品，不意網傳他已在二〇二〇年八月一日逝世。他的作品很有啟蒙性，他崇尚真理和理性，是第一屆魯迅文學獎得獎者。

【詩選】

最後的獨白：劇詩片斷，關於斯大林的妻子娜捷日達・阿利盧耶娃之死

娜捷日達・阿利盧耶娃（一九〇一年—一九三二），生於高加索，父親謝爾蓋・阿利盧耶是一個老布爾雪維克。她的少女時代在彼得格勒度過，一九一八年與斯大林結婚。一九二九年在莫斯科工業學院化學纖維專業學習。一九三二年十月革命節之夜，在克里姆林宮住所開槍自殺，遺有兒子瓦西里（一九二一—一九六二）和女兒斯維特蘭娜（一九六二—）。

一

你的記憶裡有幾頁
關於我的？……面對面
你已經把我忘懷。
你從遙遠的泰加森林
和冰封的葉尼塞河口
走來，把耳朵貼在俄羅斯大地上
連草在發節都能聽見
然而，在你睿智的眼裡
……

二

你相信酒。
我相信音樂。

命運在敲我的門，還是我在敲命運的門？
古老的鏡子：
歡欣者越照越歡欣，
憔悴者越照越憔悴。

古老的丁香從來不知愁苦，
散放著尖銳的溫馨，
十幾個春秋以前，它也這樣撫慰著
別墅的舊主人？

這牆，這樓，這草坪，
也曾經是石油貴族祖巴洛夫的
家屬們的囚牢嗎？

驚鳥跳來跳去。
麻雀啁嗎。
飛出這別墅，
……

九

雁群穿過月光，
向南飛去。

石器時代的風雲
雕成靜謐的宮牆。
……

隨你怎麼說——
家中的反對派。
第一個抗議者。
我走了。

我走我自己的路。
但是不，我就留在這兒了，
我不去高加索！

詩人的話

匆匆地去了，
一聲槍響無回聲，
隨著浪哀樂與恩怨
消失在喧囂的擾攘
對深沉的淵默之中

半個世紀也匆匆，
多少年華凋謝了，
一個不期望歷史理解的
三十一歲的俄羅斯女人的魂靈
在人海裡發現了尋找她的眼睛。

轉錄自《揚子江》詩刊二〇一一年第6期（總第75期）

邵燕祥〈最後的獨白〉，共十一節約四百行的長詩，我一讀再讀，感覺就是「經典」。同在《揚子江》詩刊同期內有唐曉渡的評論，最後說，不管怎麼說，九泉之下的娜佳可以安息了，由於一個中國詩人，她自由的靈魂終得獲救不朽，還有什麼比這更大的告慰呢？

《揚子江》詩刊二〇一二年第一期，邵燕祥〈最後的獨白〉尚有一篇對話，羅振亞主持，對話者有陳愛中、劉波和盧楨，都是著名的評論家。可見這首詩受到重視的程度，可能正朝「經典」的方向發展。

14、覃子豪

覃子豪（一九一二—一九六三）。譜名天才，學名覃基，四川廣漢人。北京中法大學畢業，一九四七年來台任職台灣省物資調節委員會專員。

來台後，曾主編《新詩週刊》，與余光中、鍾鼎文等創《藍星》詩社，於《公論報》創藍星週刊。他是台灣第一代「詩的播種者」（可詳見劉正偉著《早期藍星詩史》），現在台灣著名詩人如向明、瘂弦、藍雲等，都是覃子豪得意門生。

覃子豪作品很多，詩創作、散文、合集、論述等。光是詩有《自由的旗》、《永安劫後》、《海洋持抄》、《向日葵》、《畫廊》、《覃子豪詩選》、《沒有消逝的號聲》、

《覃子豪詩粹》、《覃子豪短詩選》。他是可敬的「詩的播種者」，逝後兩岸仍有不少他的品出版，就是一種邁向傳世的證明。

【詩選一】

追　求

大海中的落日
悲壯得像英雄的感嘆
一顆星追過去
向遙遠的天邊

黑夜的海風
括起了黃沙
在蒼茫的夜裡
一個健偉的靈魂
跨上了時間的快馬

三十九年八月花蓮港

原載《海洋詩抄》，新詩週刊社，一九五三年。
轉引到劉正偉著《早期藍星詩史》，文史哲，二〇一六年。

一首悲壯的短詩，寫於一九五〇年到花蓮出差時，形容自己是追著落日的英雄，「一個健偉的靈魂」追趕時間，期許自己邁向永恆。暗示自己成為有使命感的詩人，讓詩作成為傳世之經典。

【詩選二】

詩的播種者

意志囚自己在一間小屋裡
屋裡也有一個蒼茫的天地

耳邊飄響著一支世紀的歌
胸中燃著一把熊熊的烈火

把理想投影於白色的紙上
在方塊的格子裡播著火的種子
火的種子是滿天的星斗

全部殞落在黑暗的大地
當火的種子燃亮人類的心頭
他將微笑而去，與世長辭

原載《向日葵》，藍星詩社，一九五五年。
轉引到劉正偉著《早期藍星詩史》，文史哲，二〇一六年。

台灣早期現代詩的播種，覃子豪是貢獻的第一人，這緣於他無私的奉獻和使命感，至今向明等仍常到他墓園致敬。他自一九五〇年代起，在中華文藝函授學校、軍中文藝函授學校、中國文藝協會、文壇社等教授詩歌，可謂桃李滿天下。如向明、瘂弦、文曉村、邱平等這輩份的詩人，幾乎全是「覃家班詩人」。

就像〈詩的播種者〉這首詩，當時文化沙漠的南蠻荒島，他以無限熱情，把「滿天星斗」的詩種灑在這片荒土。等種子發芽、壯大，他便「與世長辭」，這真是一種近乎偉大的情操，深值代代詩人為他禮贊！

15、鍾鼎文

鍾鼎文（一九一四—二〇一二）。多年前，中國文藝協會頒給筆者一座「文學創作獎」，就是請鍾老當頒獎人，至今印象深刻。因為他正是「台灣現代詩壇三老之一（另二老是紀弦和覃子豪）」，在兩岸文壇都有崇高地位，早在大陸時期，一九三七年任上海《天下日報》總編輯，艾青任其副刊主編。

鍾老還有一個「不凡特殊」的背景。抗戰時他投筆從戎，出任第五戰區少將參議，後赴重慶任職中樞，直到勝利後。來台後為文壇詩界，尤其現代詩發展，做出很多貢獻。（均詳見劉正偉著《早期藍星詩史》）。

鍾老，本名鍾國藩，筆名番草，安徽省舒城縣人。一九三〇年十七歲的鍾鼎文，是安徽安慶一中的高中生，他在週記寫了一首詩〈塔上〉，被老師拿去報紙副刊發表，欣賞鍾老平生第一首詩。

【詩選一】

塔上

我登臨在塔上——
在塔影的下面，

是無邊的屋瓦；
在瓦浪的下面，
是百萬的人家。

在那些人家裡，
許會有小小的院落；
在那些院落裡，
許會有各種的花。

那些花，
寂寞地開著，又寂寞地落下……

原載《白色的花束》，藍星詩社，一九五七年。
轉引劉正偉《早期藍星詩史》，文史哲，二〇一六年。

高中生的鍾鼎文，有一天，登臨安慶古塔並想起陳子昂的〈登幽州台歌〉，有感而作〈塔上〉。他老師高歌也是副刊編輯，為避嫌，從本名鍾國藩的「藩」字拆字而成筆名「番草」，後來一直沿用。

〈塔上〉是一個早慧少男的心情，詩敘登高的感受，景物布局由近而遠，最後以花述人，表達一種寂寞、孤獨的感受。似乎十七歲的少男，已知人生的未來，都是千山獨行吧！

【詩選二】

人體素描（十首選二）

〈髮〉：

寄一切風情於髮吧，
髮是慣於打著旗語的青春底旗。

而我，已經是年逾四十，
在髮裡早有了叛逆的潛藏。
一旦這些叛逆們公然譁變，
從邊陲起義，問鼎中原。
我的髮將成為白色的降幡，
迎接無敵的強者之征服。

〈臂〉：

夫人，在你玲瓏的身上，
寄生著光滑的、狡滑的蛇。

你的晚禮服不僅讓你身上的蛇游出來，
而且暗示著樂園的禁果已經熟透……

原載《白色的花束》，藍星詩社，一九五七年。
轉引到劉正偉《早期藍星詩史》，文史哲，二〇一六年。

在一九五〇年代，還是一個政治很敏感的時代，「文字獄」問罪任何人，都仍是很可能發生。〈髮〉一詩，用了「叛逆的潛藏、公然譁變、邊陲起義、問鼎中原、降幡」等詞彙，不得不說有些大膽。

但從詩語言看，這樣形容「銀髮族」，在當時算是創新，很前衛的詩語言。「無敵的強者」是時間，宇宙間的一切都不是時間的對手，遲早都被征服。但詩人無懼，勇於迎接「最後時刻」的到來，不懼於死亡！

〈臂〉一詩也是意象驚悚、鮮明，用「蛇」形容夫人的臂，喚醒了女人最強大的一股力量——性的誘惑，演化的結果是雄性難以抗拒的「萬有引力」。有豐富的情趣和詩趣，而不感到有色情或情色尷尬。

16、牛　漢

牛漢（一九二三—二〇一三）。原名史成漢，山西定襄人。他出版的詩集、散文集、文論集約有二十多種。作品被譯成多國文字，榮獲國內外詩歌界許多大獎。二〇一三年九月二十九日，牛漢踏上一條西行之路，永遠不再回來，只留下他的詩。

一九五一年元月，牛漢出版詩集《彩色的生活》，由泥土社出版，為《七月詩叢》之一種。收〈鄂爾多斯草原〉、〈我的家〉、〈彩色的生活〉、〈血的流域〉等作品。牛漢在後記說：「想不到它們也能夠隨著祖國的行進來到了今天，能夠在這個壯闊的戰鬥的大海裡洗滌一下自己，再和祖國一同前進。」

【詩選一】

我的家

我要遠行……

妻子痛苦，
她不能同我一道離開南方。
我們生命相連，
離別，
好像一把刀子，
將一顆圓潤的蘋果割成二塊。
哎、哎
各人帶著各人的種子吧！
暴風雨來，
我們都出芽！
在中國
開花。

她希望
我將出世十個月的孩子帶上。
她說：

孩子是誕生在地獄裡的，
　讓他
　到一個自由的曠野生長去吧！
我沒有帶孩子，
我知道，
地獄就要倒塌了，
而我也就要回來。

原載《彩色的生活》，泥土社，一九五一年。
轉引《揚子江》詩刊，二〇一二年第一期（總第76期）

《彩色的生活》是一九五一年出版的，共和國初建，一切都仍動蕩不安中，孩子才出生十個月，夫妻就要分離，而且像是「生離死別」。詩人沒有說什麼原因必須分離，但從最後兩行，詩人還是樂觀的，「地獄就要倒塌了／而我也就要回來」。詩人相信，苦難就要過去了，一家遲早要團圓。

【詩選二】

半棵樹

直的，我看見過半棵樹
在一個荒涼的山丘上

像一個人
為了避開迎風面的風暴
側著身子挺立著

它是被二月的一次雷電
從樹尖到樹根
齊楂楂劈掉了半邊

春天來到的時候
半棵樹仍然直直地挺立著
長滿了青青的樹葉

半棵樹
還是一整棵樹那樣高
還是一整棵樹那樣偉岸

人們說
雷電還要來劈它
因為它還是那麼直那麼高
雷電從遠遠的天邊就盯住了它

原載《文匯月刊》一九八六年第六期
轉引《揚子江》詩刊二〇一四年第三期（總第90期）

〈半棵樹〉寫於一九七二年，是一首極有激勵生命力奮發的作品。在自然界或現實社會中，我們常看見剩下兩條腿的羊或狗仍奮力求生，人類中身體有重大缺陷（如無手或腳等），仍在困境中奮戰謀生。

這首詩除了鼓舞人心，也有更深意涵。雷電還要來劈它，因為它「那麼直那麼高」，暗示「正直」和「高位」很危險，隨時有更厲害的角色來取代。是否正應了「高處不勝寒」之說，高位都是危險的！

〈半棵樹〉一詩，二〇〇五年時張洪波在時代文藝出版社策劃牛漢詩文集《空曠在遠方》，一併收入。張洪波稱「牛漢是中國少有的硬漢詩人，他一直堅守著內心的清白和自由。」（詳見《揚子江》詩刊二〇一四年第三期）。

17、羅　門

羅門（一九二八—二〇一七），本名韓仁存，海南省文昌縣人。早年加盟現代派和藍星詩社，可詳見劉正偉著《早期藍星詩史》，他的《全集》已由台北文史哲出版社出版，洋洋數十巨冊，是他留給中華民族的文化財。他可能是「台灣詩人」群中，在國際上唯一被稱贊「偉大」的詩人。

一九六九年（民58），羅門和蓉子被選派為「中國五人代表團」，出度在菲律賓馬尼拉召開的第一屆世界詩人大會。時大會主席尤遜（Dr. yuzon），在開幕典禮上當著數百位來自世界各地的詩人。讚說：「羅門的〈麥堅利堡〉一詩，是近代的偉大作品，已榮獲菲律賓總統金牌詩獎。」（羅門創作大系，卷七《麥堅利堡特輯》，台北文史哲出版社，一九九五年四月）。

接著，在大會的世界詩人作朗讀發表會上，美帝詩人代表高肯（W.H. Cohen）

教授以英文朗誦完〈麥堅利堡〉，並高喊：「It is a great poem.」大會主席尤遜再對觀眾說：「羅門帶著偉大的東西到會裡來」。

以前覺得很感動，〈麥堅利堡〉必是羅門的代表詩作。但近幾年來我的感受變了，〈麥堅利堡〉關我鳥事，關我們中國人屁事，最好所有「美軍」全部沈入太平洋，美帝崩潰滅亡。

【詩選】

第九日的底流

不安似海的貝多芬伴第九交響樂長眠地下，我在地上張目活著，
除了這種顫慄性的美，還有什麼能到永恆那裡去。

序曲

當托斯卡尼尼的指揮棒
　砍去紊亂

你是馳車　我是路
我是路　你是被路追住不放的遠方

樂聖　我的老管家
你不在時　廳燈入夜仍暗著
　爐火熄滅　院門深鎖
　　世界背光而睡

你步返　踩動唱盤裡不死的年輪
我便跟隨你成為迴旋的春日
　在那一林一林的泉聲中

於你連年織紡著旋律的小閣樓裡
　一切都有了美好的穿著
日子笑如拉卡
我便在你聲音的感光片上
　成為那種可見的迴響

一

鑽石針劃出螺旋塔

所有的建築物都自目中離去
螺旋塔昇成天空的支柱
高遠以無限的藍引領
渾圓與單純忙於美的造型
透過琉璃窗　景色流來如酒
醉入那深沉　我便睡成底流
在那無邊地靜進去的顫動裡
只有這種嘶喊是不發聲的
而在你音色輝映的塔國裡
純淨的時間仍被鐘錶的雙手捏住
萬物回歸自己的本位　仍以可愛的容貌相見
我的心境美如典雅的織品　置入你的透明
啞不作聲地似雪景閃動在冬日的流光裡

二

日子以三月的晴空呼喚
陽光穿過格子窗響起和音
凝目定位入明朗的遠景

寧靜是一種聽得見的迴音
整座藍天坐在教堂的尖頂上
凡是眼睛都步入那仰視
方向以孩子們的神色於驚異中集會
身體湧進禮拜日去換上一件淨衣
為了以後六天再會弄髒它
而在你第九號莊穆的圓廳內
一切結構似光的模式　鐘的模式
　我的安息日是軟軟的海棉墊　繡滿月桂花
　將不快的煩躁似血釘取出
　痛苦便在你纏繞的繃帶下靜息

三

眼睛被蒼茫射傷
日子仍迴轉成鐘的圓臉
林園仍用枝葉描繪著季節
在暗冬　聖誕紅是舉向天國的火把
人們在一張小卡片上將好的神話保存

那輛遭雪夜追擊的獵車
終於碰碎鎮上的燈光　遇見安息日
門窗似聖經的封面開著
在你形如教堂的第九號屋裡
爐火通燃　內容已烤得很暖
沒有事物再去抄襲河流的急躁
掛在壁上的鐵環獵槍與拐杖
都齊以協和的神色參加合唱
都一同走進那深深的神色

四

常驚異於走廊的拐角
似燈的風貌向夜　你鎮定我的視度
兩輛車急急相錯而過
兩條路便死在一個交點上
當冬日的陽光探視著滿園落葉
我亦被日曆牌上一個死了很久的日期審視
在昨天與明日的兩扇門向兩邊拉開之際

空闊裡，沒有手臂不急於種種觸及
「現在」仍以它插花似的姿容去更換人們的激賞
而不斷的失落也加高了死亡之屋
以甬道的幽靜去接露臺挨近鬧廳
以新娘盈目的滿足傾倒在教堂的紅氈上
你的聲音在第九日是聖瑪麗亞的眼睛
調度人們靠入的步式

五

穿過歷史的古堡與玄學的天橋
人是一隻迷失於荒林中的瘦鳥
沒有綠色來確認那是一棵樹
困於迷離的鏡房　終日受光與暗的絞刑
身體急轉　像浪聲在旋風中
片刻正對　便如在太陽反射的急潮上碑立
於靜與動的兩葉封殼之間
人是被釘在時間之書裡的死蝴蝶
禁黑暗的激流與整冬的蒼白於體內

使鏡房成為光的墳地　色的死牢
此刻　你必須逃離那些交錯的投影
去賣掉整個工作的上午與下午
然後把頭埋在餐盤裡去認出你的神
而在那一剎那間的迴響裡　另一隻手已觸及永恆的前額

六

如此盯望　鏡前的死亡貌似默想的田園
黑暗的方屋裡　終日被看不見的光看守
簾幕垂下　睫毛垂下
無際無涯　竟是一可觸及的溫婉之體
那種神秘常似光線首次穿過盲睛
遠景以建築的靜姿而立　以初遇的眼波流注
以不斷的迷住去使一顆心陷入永久的追隨
沒有事物會發生悸動　當潮水流過風季
當焚後的廢墟上　慰藉自閤掌間似鳥飛起
當航程進入第九日　吵鬧的故事退出海的背景
世界便沉靜如你的凝目

遠遠地連接住天國的走廊
在石階上，仰望走向莊穆
在紅氈上，腳步探向穩定

七

吊燈俯視靜廳　迴音無聲
喜動似遊步無意踢醒古蹟裡的飛雀
那些影射常透過鏡面方被驚視
在湖裡撈塔姿　在光中捕日影
滑過藍色的音波　那條河背離水聲而去
收割季前後　希望與果物同是一支火柴燃熄的過程
許多焦慮的頭低垂在時間的斷柱上
一種刀尖也達不到的劇痛常起自不見血的損傷
當日子流失如孩子們眼中的斷箏
一個病患者的雙手分別去抓住藥物與棺木
一個囚犯目送另一個囚犯釋放出去
那些默喊　便厚重如整個童年的憶念
被一個陷入旋渦中的手勢托住

而「最後」它總是序幕般徐徐落下

八

當綠色自樹頂跌碎　春天是一輛失速的滑車
在靜止的淵底　只有落葉是聲音
在眉端髮際　季節帶著驚恐的臉逃亡
禁一個狩獵季在冬霧打濕的窗內
讓一種走動在鋸齒間探出血的屬性
讓一條河看到自己流不出去的樣子
歲月深處腸胃仍走成那條路
走成那從未更變過的方向
探首車外　流失的距離似紡線捲入遠景
汽笛就這樣棄一條飄巾在站上
讓回頭人在燈下窺見日子華麗的剪裁與縫合
沒有誰不是雲　在雲底追隨飄姿　追隨靜止
爬塔人已逐漸感到頂點倒置的冷意
下樓之後　那扇門便等著你出去

九

我的島　終日被無聲的浮浪雕
以沒有語文的原始的深情與山的默想
在明媚的無風季　航程睡在捲髮似的摺帆裡
我的遙望是遠海裡的海　天外的天
一放目　被看過的都不回首
驅萬里車在無路的路上　輪轍埋於雪
雙手被蒼茫攔回胸前如教堂的門闔上
我的島便靜渡安息日　閒如收割季過後的莊園
在那面鏡中　再看不見一城喧鬧　一市燈影
星月都已跑累　誰的腳能是那輪日
天地線是永久永久的啞盲了
當晚霞的流光　流不回午前的東方
我的眼睛便昏暗在最後的橫木上
聽車音走近　車音去遠　車音去遠

一九六〇年

欣賞詩題、序曲

〈第九日的底流〉長詩，筆者以為屬詩人「絕對主觀的心靈活動」，只能如禪宗「以心傳心」去理解，是不能完全解讀的，所有文字語言都是不完全解讀，如瞎子摸象，只了解一小部分。但不解讀如何寫本文？僅權且解讀，當成不成熟的研究。

「九」字暗示極限、最後之意，引貝多芬〈第九交響樂〉（D小調第九交響曲合唱）為典。該曲為貝多芬創作於一八一八到一八二四年間的四樂章交響曲，是他完成最後一部交響曲，主要內涵歌頌人類之大愛、宇宙大自然之愛。本曲乃貝多芬最後代表作，獨創性之經典。

西方樂壇歷來有「第九交響樂的魔咒」（**Curse of the ninth**）迷思，來自貝多芬寫完第九交響樂就死了，留下未完的第十交響樂。德國作曲家馬勒（**Gustav Mahler**），不寫第九號作品，避開魔咒，而命名〈大地之歌〉。

第九日的「底流」，底流是暗流、潛流、潛勢，不也是一種魔咒！也可以影射人類對「最後大限」的不安。因不安引起深刻的反思，反思這條「路」通往何處？何處是終站，「我是路　你是被路追住不放的遠方」，遠方必然就是大限；於是，我們追求永恆，「你步返　踩動唱盤裡不死的年輪／我便跟隨你成為迴旋的春日／在那一林一林的泉聲中」，這些意象很有神秘性，引人啟動心靈之默想。「日子笑如拉卡……可見的迴響」，迴響是用聽的，如何可見？可能指涉生命中有很多顛倒、底流，乃至不可知的不安因素，都引發生命的朽或不朽的思索！

欣賞一

螺旋塔或螺旋體，應和羅門燈屋各種懸、立、掛的螺旋形狀有關，代表一種「羅門詩的哲學」，乃至美學和玄學等形而上的心靈哲思，詩中的螺旋和渾圓都是屬於東方哲思意涵。「鑽石針劃出螺旋塔……渾圓與單純忙於美的造型……純淨的時間仍被鐘錶的雙手捏住」。透過詩的世界，詩人終於走向永恆，浸潤在純淨的藝術世界，才能「我的心境美如典雅的織品　置入你的透明」。如冬日的雪景，在流光裡閃動，這是生命瞬間的光照。

欣賞二

詩一開始，詩人已指引出「修行」方向，是「螺旋」式如唱片旋轉的思維，也就探索、追求全指向內心世界，而不外求，這和佛法的「萬法從心生」一樣。所以，「日日以三月的晴空呼喚……寧靜是一種聽得見的迴音……」。這個「迴音」正是自己的心靈呼喚，或按自己的宗教信仰，也是某某神的呼喚。但人要把身心靈完全淨化（達到佛菩薩境界），已非困難能形容，而是永恆的堅持與掙扎，只靠禮拜日的清洗，那六天又髒了，修行未成而「九」的大限已然來到。

「一切結構似光的模式　鐘的模式／我的安息日是軟軟的海棉墊　繡滿月桂花／將不快的煩躁似血釘取出／痛苦便在你纏繞的繃帶下靜思」。洗淨靈魂的過程是痛苦的，如同體內拔出煩惱的血釘，血釘拔出後，痛苦沉澱成靜思，煩惱化成菩提啊！

欣賞三

日子一天天過，「眼睛被蒼茫射傷／日子仍迴轉成鐘的圓臉……那輛遭雪夜追擊的獵車」。眼睛為何被蒼茫射傷？因為兩眼所見，盡是蒼茫，一切都看不到真相。確實，如愛因斯坦所說，《金剛經》所述，人所見全是假相，三千大世界也是假相，世間何來真相？只有蒼茫。在蒼茫中，日子一天天過，過聖誕節，「窗戶似聖經的封面開著／在你形如教堂的第九號屋裡」，窗戶開著暗示一種願景，遠方有一個美好的世界，也是詩人心中的一片淨土。在這純淨的國度裡，不存在任何暴力，各種武器裝備「都齊以協和的神色參加合唱／都一同走進那深深的注視」。啊！這是西方淨土，還是人間的世界和平。

世界是永遠不會和平的，詩人心中已寧靜和平；正如地獄是永遠不會空的，但地藏菩薩心中的地獄是老早就已經空了。

欣賞四

第四章寫的是人生的常與無常和藝術的醇美享受。常者平常心看待一切，來去自如，緣起緣滅，處處有驚遇，「常驚異於走廊的拐角／似燈的風貌向夜　你鎮定我的視度」；而無常者，「兩輛車急急相錯而過／兩條路便死在一個交點上」。不論常或無常，陽光依然探視滿園落葉，時間還是要過去，只看怎樣過去！「死了很久的日期審視」，表示對過去的反省反思。

「在昨天與明日……「現在」仍以……而不斷的失落也加高了死亡之屋」。這幾行詩人不斷在時空中進行交替。這死亡之屋應是他另一巨作「死亡之塔」，生命最大的迴響是碰上死亡才響的，所以死亡非死亡，而是「涅槃」，乃生命藝術之最高享受，你心境「以新娘盈目的滿足」，你的第九日「是聖瑪麗亞的眼睛／調度人們靠入的步式」。你的心靈如聖瑪麗亞的眼睛，那般純潔，那樣慈愛的浸染眾生啊！

欣賞五

動與靜、生與死、朽與不朽的思索，始終是羅門內心世界最熾熱的活動，這些是人生意義和價值的終極探索，永恆必須追問的命題。「穿過歷史的古堡與玄學的天橋／人是一隻迷失於荒林中的瘦鳥／沒有綠色來確認那是一棵樹……受光與暗的絞刑……」。每一代人都不會記取歷史教訓，都在迷失，找不到定位，看不清真相，人類乃終日受光與暗的絞刑。「人是被釘在時間之書裡的死蝴蝶」，一隻裝在標本框裡的死蝴蝶，與一個裝在棺材裡的死人有何差別？意義何在？陳寧貴也在提問：「美麗對蝴蝶本身已不再存在，卻存在想念牠的活者中。想來真是弔詭，不朽者並不繼續活在不朽者本身，只存活在還活著的人身上，這對不朽者的本身，到底是朽還是不朽？」誰能給個答案，羅門已經「不朽」了！

人生在動靜間、生死間，朽與不朽間掙扎，若能逃離「色的死牢」，逃離「那些交錯的投影」，最後認出你的神，或許有可能「觸及永恆的前額」。真正活出人生的意義和價值，那就快要觸及功德圓滿了！

欣賞六

詩人在這章超越了「第九交響樂的魔咒」，而是「第九交響樂的靈魂牧歌，亦如佛教《心經》中無生無死的「涅槃」境界。「鏡前的死亡貌似默想的田園」，黑暗的方屋裡，簾幕垂下……遠景以建築……當航程進入第九日，「吵鬧的故事退出海的背景／世界便沉靜如你的凝目／遠遠地連接住天國的走廊」。死亡能連接住天國的走廊，即非死亡，而是永生。

當然，涅槃、永生、死亡、天國等概念，在基督天主和佛教，完全有不同的理論和教義，此處只是比喻。不談教義，只論詩意，「遠遠的連接住天國的走廊」和「遠遠的連接住彌陀的淨土」，二者無分別！

欣賞七

這章寫的是人生的幻境和困境，以及對「新生」的追求。「吊燈俯視靜廳　迴音無聲」，靜廳怎有迴音？有迴音怎會無聲？湖裡撈姿，光中捕日影，都是白做工，都是幻影，如鏡中水月。暗示人生如幻，如《金剛經》四句偈，一切有為法，如夢幻泡影，如露亦如電，應作如是觀。然而，我們都活在現實世界裡，那條河背離水聲而去，逝者如斯，不分晝夜，充滿困境，到境是矛盾。「希望與果物同是一支火柴燃熄的過程……病患者的雙手分別去抓住藥物與棺木……」眾生愚昧，不知生命往何處去？被許多焦慮與悲劇糾纏著。

幸好詩人給生命的「最後」，開啟一道「新生」的門。「那些默喊……而「最後」是序幕般徐徐落下」。生命的最後該是閉幕般徐徐落下，詩人用「序幕般」，暗示另一段新生命才正要開始，民俗叫往生，佛法則稱轉世再生。

欣賞八

羅門在〈我的詩觀與創作歷程〉一文，提到一九六〇年創作的〈第九日的底流〉，詩中對生命與時空所激發的回音，已從往昔浪漫情思外射的紅色火焰，向內收斂，而冷凝與轉化成為穩定與較深沉的藍色火焰。從此開展抽象、象徵、超現實感覺的詩路。也就是羅門的「第三自然」以美為主體的詩境界和詩語言，這第三自然可能與「上帝」的天國為鄰。若以佛法詮釋，是純粹的世界，真理的世界，佛菩薩的世界。「當綠色自樹頂跌碎　春天是一輛失速的滑……禁一個狩獵季在冬霧打濕的窗內」，抽象與象徵的第三自然詩語言，一定在探索什麼？

「讓一種走動在鋸齒間探出血的屬性／讓一條河看到自己流不出去的樣子……沒有誰不是雲……」這個超現實情境暗示一種人生的困境，不是來自外面環境的困境，而是內心有矛盾、有困境，在掙扎著，要怎樣超越？

欣賞九

無畏一切，以永恆的決心追尋生命的永恆，是羅門的詩觀和人生觀，最終達到「第三自然」的境界。「我的島　終日被無聲的浮浪雕……我的遙望是遠海裡的海　天外的天／一放目　被看過的都不回首」。追尋真理是永無盡頭的，遠海之海，天外之天也要找到。

最後是呈現一種生命境界，「星月都已跑累　誰的腳能是那輪日／天地線是永久永久的啞盲了……聽車音走近　車音去遠　車音去遠」。這片寂靜的風景，在寂靜中的迴音，又逐漸消失於遠方……遠方……

整體賞體〈第九日的底流〉，詩壇上公認意象繁複之美，節奏上波瀾起伏，氣勢上盤旋變化，實為現代詩之空前。一股向內探索的精神動力，流淌著雄渾悲壯動感，驅動著詩人和讀者深入探索生與死的問題。若讀者有所悟，也有機會到「第三自然」，和羅門當鄰居。

18、沙鷗

沙鷗（一九二二—一九九四）。原名王世達，出生在重慶。他出版的詩集有《農村的歌》、《化雪夜》、《第一聲雷》、《為社會主義而戰》、《尋人記》等。

《農村的歌》是一九四五年十一月，由春草社出版，為《春草詩叢》第三種。一九四四年是沙鷗寫詩的轉折年，他利用寒暑假去了農村，開始用四川農民的語言寫當地農民的生活，用「失名」為筆名發表在重慶《新華日報》上。這些作品編成《農村的歌》、《化雪夜》，於一九四五年以沙鷗為筆名出版。

【詩選】

尋人記（第二十四首）

一個朋友死了
　又一個朋友死了
訃告，一份一份
黑色的雪崩

你還活著
活得多麼憔悴

我提著菜籃，每天
在鬧市零售自己

一只病貓
投影在粉牆上
　　慓悍的東北虎

一九九一年十二月二十一日重慶
轉引《揚子江》詩刊二〇一三年第五期（總第86期）

　　寫本文的這個星期，我聽到三個不很熟的朋友走了，都是八十初頭，心有所感，正看到這詩的情境，似有相近。所不一樣的，是我不會憔悴，我依然自在。這是我和沙鷗所處時代背景不同，思想、修為也不一樣，我比較接近《金剛經》說的，「一切有為法、如夢幻泡影」。

　　後來沙鷗又出版的詩集有《林桂清》、《紅花》、《故鄉》、《薔薇集》、《初雪》。而《故鄉》和《初雪》，是他兩本主要詩集。

19、張志民

張志民（一九二六—一九九八）。原名張稚民，筆名筆直、宛石，河北宛平人，已於一九九八年四月三日，病逝北京。

他出版的詩集有《天晴了》、《死不著》、《西行剪影》、《祖國，我對你說》、《夢的自由》。一九八一年九月，北京出版社出版了《張志民詩選》。

張志民是從農村壯大的詩人，他生長在農村，戰鬥在農村，對農村、農民的真正認識，緣自土地改革的強大動力，成為他寫詩的動力。

【詩選】

中國，用紙糊起來了

中國——
用紙糊起來了
糊啊！糊啊！
糊滿天空，糊滿大地
糊滿街巷，糊滿樓台
不管怎麼說，
紙糊的中國
總不如紙糊的老虎
更有氣魄。

麵粉，用車拉！
糨糊，用人抬！
沒飯吃，不怕！
中國人最能緊褲帶！
刷！一張張的刷！
蓋！一層層的蓋！
中國！確實被糊得
結結實實，風雨不透！
需要當心的
只是——
一根火柴……

一九八六年

轉引《揚子江》詩刊，二〇一三年第六期（總第87期）

這是一首諷刺、驚悚、強烈警告的詩，寫於一九八六年。那是一個怎樣的時代?這首詩流傳的價值,是可以警示未來(乃至現在),任何時候小心「一根火柴」。

土改功過已有很多研究,筆者以為功大於過。如張志民在《張志民詩選・後記》說,億萬人民從土地上站起來,用自己的手,推翻千年封建壓迫的土地改革運動後,這驚天動地的運動成了寫詩的動力。

20、曾 卓

曾卓(一九二二—二〇〇二)。原名曾慶冠,祖籍湖北黃陂,生於漢口。出版詩集有《門》、《懸崖邊的樹》、《老水手的歌》、《曾卓抒情詩選》、《給少年們的詩》等,另有《曾卓文選》三卷。

曾卓是早慧詩人,十四歲開始寫作,十七歲開始發表作品。他有不少作品是名篇,如〈懸崖邊的樹〉、〈鐵欄與火〉、〈我遙望〉、〈有贈〉、〈一個少女的回答〉、〈海的沉默〉、〈老水手的歌〉等。這些名品之中最有代表性,是〈懸崖邊的樹〉。

【詩選】

懸崖邊的樹

不知道是什麼奇異的風

將一棵樹吹到了那邊——
平原的盡頭
臨近深谷的懸崖上

它傾聽遠處森林的喧嘩
和深谷中小溪的歌唱
它孤獨地站在那裡
顯得寂寞而又倔強

它的彎曲的身體
留下了風的形狀
它似乎即將傾跌進深谷裡
卻又像是要展翅飛翔……

一九七〇年選自《懸崖邊的樹》，四川人民出版社，一九八。
轉引《揚子江》詩刊二〇一二年第二期（總第77期）

在《揚子了》詩刊二〇一四年第二期，有狄霞晨的一篇評〈懸崖邊的樹〉一文，說到詩人曾卓已經辭世十年了，他的音容已隨風逝去，他的詩歌卻不曾遠離；尤其他的代表作品，作於一九七〇年，但到一九七九年九月才發表在《詩刊》上，創作至今四十年，如今讀之，它依然毫不褪色。

這首詩喚起人們的覺醒，在文革時期，曾卓用溫情又傷感的語言，告訴讀者你是一棵懸崖邊的樹，你有你的靈魂，你應當覺醒。

於是，讀者在他的詩中找到丟失了的自己，人們一遍又一遍地誦讀著〈懸崖邊的樹〉，如痴如狂。像這樣的名品，應該就是傳世之作，或是正邁向「經典化」嗎？

21、公　劉

公劉（一九二七—二〇〇三）。原名劉仁勇，出生在江西南昌。曾出版《邊地短歌》、《在北方》、《仙人掌》、《公劉詩草》等詩集。

【詩選】

西盟的早晨

我推開窗子，

一朵雲飛進來——
帶著深谷底層的寒氣，
帶著難以捉摸的旭子的光彩。

在哨兵的槍刺上
凝結著昨夜的白霜，
軍號以激昂的高音，
指揮著群山每天最初的合唱……

早安，邊疆！
早安，西盟！
帶槍的人都站立在崗位上，
迎接美好生活中的又一個早晨……

轉引《揚子江》詩刊，二〇一四年第二期（總第89期）

我偉大的祖國中國，從古至今就是全世界最大之國，我國之邊疆可能幾萬里，海疆也很大。現在國際局勢複雜，西方「八獸聯軍」常入侵我海疆。因此，我們須要許多戰士守衛邊疆海疆，乃至空疆！向所有守衛的戰士致敬，守邊疆都是很辛苦的，筆者就守了十年！

《邊地短歌》，中南人民文學藝術出版社一九五四年三月出版，收有〈守望在祖國的邊疆〉、〈兵士醒著〉、〈拉薩來的姑娘〉、〈莫斯科，我有話對你說〉等共三十五首詩。

在《邊地短歌》的後記，公劉說，內容大抵都是寫的邊疆和邊防軍，如果今後還能寫詩，我仍要用整個的心，歌唱邊疆和戰友；和他們一同進入戰鬥，一同走向勝利。

我想這位叫公劉的詩人，年輕時就在我國一個叫「西盟」的地方守衛邊疆。前面說筆者也守衛邊疆十年，守的地方是金門的和馬祖，這裡也是我大中國之邊疆啊！

22、王學忠

王學忠（一九五五—），河南安陽人，初中畢業，工人出身，長期生活在社會底層。他是天生的詩人，以詩寫底層人民真實生活實況，故有「平民詩人」之美，筆者與他也有深厚的文字緣，曾寫了兩本研究他作品的書。大陸著名詩人賀敬之以「從生活底層踏上精神高地、為弱勢族群唱出時代壯歌」，給予熱情讚譽。

從一九九〇年出版《未穿衣裳的年華》詩集，接著便一發不可收拾。至今出版有：《善待生命》、《流韵的土地》、《挑戰命運》、《雄性石》、《太陽不會流淚》、《王學忠短詩選》（中英對照）、《王學忠詩稿》（中英對照）、《地火》、《王學忠詩歌鑒賞》、《我知道風兒朝哪個方向吹》（有詩歌卷和散文、文論卷）、《愛得深沉》（有詩歌卷和散文、文論卷）。

另有兩岸文壇詩界研究、評述王學忠作品，亦有十餘巨冊。筆者就有兩本，《中國當代平民詩人王學忠詩歌札記》、《王學忠吁天詩錄——讀王學忠《我知道風兒朝哪個方向吹》的擴張思索》。

【詩選】

螻蟻之死（組詩）

《新京報》消息：二〇一六年八月二十四日下午，甘肅省康樂縣景古鎮阿姑村山老爺彎社，28歲村婦楊改蘭，不堪貧困，用農藥殺死了四個親生孩子和自己。在鎮上豬場打工的丈夫李克英趕來，將一家五口葬埋後，也喝農藥自殺……

——題記

少婦楊改蘭

「虎不食子」
你卻害死四個親生孩子
而後又害了自己
讓人痛心不已
痛恨不已

恨你！用撲簌簌的淚恨你
攥緊的拳恨你
恨你！恨你
痛定思痛
只能用無奈的詩思
探尋你二十八載
心路軌跡

改開三十餘

富豪一哄而起
百萬、千萬、數億
上通天下通地
皆呼風喚雨
男崽劍橋留學
女娃華盛頓為妻
你卻一字不識
……

丈夫李克英

誰言這個世界分清濁
錯！錯！錯
黑白真偽
全由強者說
弱者是皮鞭下的陀螺
馬克思說：

「雇工的薪水
須養活自己及妻兒」
李克英起早貪黑
累死累活
……

葬埋了一家五口
再掏出農藥
咕嚕、咕嚕
倒在親人旁側

一陣風兒吹過
樹上的腐葉
一片、兩片……六片
從天空墜落……

大女兒八歲

真不忍心批評你
可思來想去
還得再說幾句
常言道「窮人家的孩子早當家」
你都八歲了
仍未頂天立地
弄得三個年幼的弟妹
照你媽媽編織的夢
一路奔了西
不！這又怎能怪你
……
看著媽媽那兇狠的樣子
執拗的樣子

不得不端起農藥瓶
咕嚕、咕嚕
隨弟妹而去

仲夏的陽光
懶洋洋照著大地
一隻鳥兒匆匆飛過
幾隻小鳥緊跟其後
到遙遠的地方去尋食……

雙胞胎姐弟

有句話叫：
「生不逢時」
錯矣！用在你倆身上
沒選對肚皮
剛過五歲生日
……

然而，卻生不逢時
選錯了肚皮
被貧窮的媽媽
謊稱農藥是果汁
哄騙你倆兒
咕嚕、咕嚕
才同年同月同日生
便同年同月同日死

三歲小女兒

你才三歲
一棵小草剛發芽便枯萎
不！你是一個人
才咿呀學語
便做了鬼

懵懵懂懂出生
⋯⋯
真的，你什麼都不懂
從出生到三歲
一路淚相隨
爸爸的淚
媽媽的淚
姐姐的淚
哥哥的淚
還有你的淚

你才三歲
像一朵花兒剛吐蕊
便懵懵懂懂
跟著媽媽、姐姐、哥哥
一起含著淚

做了這個世界的新鬼……

轉錄自王學忠著《愛得深沉》詩集
北京，團結出版社，二〇一八年十二月

這是二百多行的長組詩，王學忠的作品絕大多數都在為社會最底層、最苦難的人民發聲。用最接近平民的語言創作，所以非常能感動廣大的人民群眾。

就是不談詩，純從社會問題看，這種事件在世界各地（含台灣地區）都曾發生過。但這個事件的發生還是讓人很驚恐，因為是不該發生的，尤其以「社會主義」立國的中國，難道村里長和各級社會救助單位都睡著了嗎？社會是否生了重病？

事件發生在二〇一六年八月，如果我印象不錯，習近平同志已開始進從「扶貧」政策。扶貧很有成果，是全世界都知道的事，但是否政策有不夠澈底？或有執行不力？或有地方做表面功夫？是否有因此案的發生，進行全面檢討和調查？

王學忠很多作品因為反映社會底層的苦難人民，所以讀來很感傷。他的一本詩集《我知道風兒朝哪個方向吹》，我讀後寫了一本回應《王學忠吁天詩錄》，為什麼叫吁（籲）天？因為人間的政府、政權、政黨，都難以完善，只能籲天！求天！

讀這首詩我仍感痛心，難道死了六個人，苦難的一家人，真的就像飄落六片葉子嗎?「一陣風兒吹過／樹上的腐葉／一片、兩片……六片／從天空墜落……」。三天後，新聞也不報了！黨也不管了！當官的酒照喝舞照跳！這個五濁惡世，好像一切都沒發生過……

詩人作家群，一般大約超過六十歲，創作力趨弱是必然現象，因為相同寫作模式或風格已持續數十年。但一九五五年生的王學忠，已六十七歲，從他最近這本《愛的深沉》作品看，每一首詩依然熱力不減，這應該和他心懷人民有關。

目前他又擔任《工農文學》雜誌主編，相信他正好可以從廣大的工農群眾中源源獲取能量，注入在他的文學作品。而筆者是一個「生長在台灣的中國人」，與王學忠雖地理上相隔千里，心靈上並無距離，所以我們對那「苦難的一家人」，感同身受！

23、金　土

金土（一九四二—），遼寧綏中人，本名張云圻，筆名金土，也曾用張騰月、中三奇、老金等筆名發表作品。辦刊和寫作是金土最重要的文學事業，他目前仍是《港城詩韻》和《華夏春秋》兩個詩刊雜誌主編，前者是他創刊，後者是筆者創於台灣不久停刊，由金土在大陸復刊，多年來仍正常發行。

金土主要出版的詩集有六部：《張云圻詩歌筆記》、《啊，故鄉》、《皎潔的月光》、《情愛情》、《病中詩筆記》、《我愛》。

【詩選】

山海關

南臨煙波浩渺的渤海
北依起伏蜿蜒的燕山
中間是遐邇聞名的古城
萬里長城天下第一關

古老就多傳聞
壯觀就多景點
不管是聽還是看
都會使人心曠神怡、興趣盎然

導遊把我們帶到老龍頭

帶到長城的起點
都願登樓遠眺
一片汪洋，白浪滔天

導遊把我們帶到九門口
這裡被稱作京東首關
就因為地理位置重要
當年曾發生過「一片石大戰」

導遊把我們帶到孟姜女廟
回味無窮的是「貞女祠」門前的楹聯
據說乾隆和劉鏞來這裡鬥智詠成
才那樣珠聯璧合天衣無縫千古稱讚

導遊把我們帶到燕塞湖
千重翠柏，四壁青山
白鶴翻飛，時落遊船

天藍水碧，塞外江南

導遊把我們帶到懸陽洞
吃個剛摘的果——甜
導遊把我們帶到止錨灣
吃頓剛捕的魚——鮮

導遊把我們每帶一處
都是那樣留連忘返
生活在這裡的人
一定快活得像神仙

說實話，我就是生活在這裡的人
常和遊人一起去遊覽
遊一次有一次收穫
遊一次增加一次情感

最愛這裡風光無限美
最愛這裡山珍海味全
愛的深切，愛得熱烈
經常寫出愛的詩篇

錄自金土著《啊，故鄉》，北京，
中國文化出版社，二〇〇四年八月。

我們中國是地球上最大最古老的文明文化古國，神州大地上，任何城鎮村里，乃至一個小小景點，都有萬年或更久遠的文化累積，一個「村誌」也有做不完的研究報告，說不完的浪漫故事。

詩中提到吳三桂和李自成的「一片石大戰」，還有孟姜女廟「貞女祠」門前的對聯，「海水朝朝朝朝朝朝落，浮雲長長長長長長消」。這些，都成了觀光「趣點」，經濟發展的「吸錢機」。

正常人都愛自己的故鄉、自己的國土，詩人是真性情人種，就更愛自己的鄉土。金土生在農村，成長在農村，工作在農村，也詩寫自己的農村鄉土，有「中國鄉土詩人」之美名。

24、海青青

海青青（目前壯年），河南洛陽人，回族。原名海青善、尤素福。海青青，筆名海青青、邙山詩客。詩人、音樂人，主持並主編《牡丹園》詩刊和《大中原歌壇》歌刊。是許多詩人和作曲作詞家的發表園地，多年來這兩個刊物已發行至海內外。

海青青不僅是著名的詩人，也是著名的音樂人。筆者為他寫過兩本書：《海青青的天空》和《中國詩歌墾拓者》，都由台灣的文史哲出版社出版。

據筆者了解，百年來我們中國新詩人，有不少詩人兼辦「詩刊」，但詩人辦「詩刊」又同時辦「歌刊」，則只有海青青一人。這是他特別的地方，尤其沒有政府資金補助，這是很不容易的。

【詩選】

江南小夜曲（組詩）

一

夜色，
一只巨大的鳥，

落在水鄉。

在黑色翅膀下，
小山村抱著蛙鳴
睡了。

夢囈的魚兒
三聲，
兩聲……

二

沒有月亮的晚上，
我愛凝望
對岸燈火……

真想把它們從河裡
接出來裝進瓶裡，
夜夜照我……

三

住在運河邊，
我總是夢裡時，
小樓前，
那橋上的
晚歸的喇叭聲
把我驚醒……

枕著水鄉的寧靜，
小山村的蛙鳴，
我從不生氣，
更加感動——
水鄉人的勤勞
彈奏出的夜曲！

一九九七年七月十日
原載河南《莽原》，一九九六年第五期（總第98期）

很有意境的組詩，寫出三種不同的靜。第一組詩是靜態的靜，詩中有兩種真實動物，蛙鳴和魚兒的夢囈，「巨大的鳥」比喻黑夜，故有「黑色的翅膀」。很有新意，魚兒夢話也是製造夜晚的安靜氣氛。

第二組詩寫主觀世界的靜，在河邊望對岸燈火，通常就是安靜的夜晚。詩人寂寞，到河岸走走，真想把河裡燈火打撈起來，夜夜享用，詩人期待每天有寧靜的夜晚，可以創造有意境的作品。

第三組詩是客觀世界的靜，詩人有小山村生活，河岸吵雜，詩人能否保有內心的寧靜？夢中被喇叭聲驚醒，還能安靜入夢嗎？沒關係！這是水鄉人的勤勞！

25、吳明興

吳明興（一九五八—），台灣人，是一個早慧的年輕人，才讀高中時，就幾乎把吾國的四書五經，乃至佛經全都讀完了。神奇的是，他都不用看註釋白話本，原典讀一次就懂，很多還能倒背如流。他自己說，前世都讀過，今世印象仍深刻。

他在四十歲之前，已在大陸、台灣港澳和海外，超過三百五十個詩刊、雜誌、報紙，發表三千多首現代詩。四十歲之後他去讀了三個博士，當了「會叫的野獸」。

他只有在二十七歲時出版了一本詩集《蓬草心情》，之後未有出版。目前他正在整理《吳明興作品大系》，預計有數十巨冊，留為中華民族之文化財。

【詩選一】

回音

閑適的雲碰巧停在山隐
這種天氣合當平心
且讓檻外的萩花自開
至若澗水就任它自流好了
身後傳來的鐘聲與經唱
都悠悠的蕩入鳥鳴中
石堦曲處善眾一步一個屈身
彷彿欲離塵凡又難拋捨
此時唯有落葉悄悄的回到大地
前山後谷則隱隱傳來
頑石驚醒的回音
再回首善眾都在雲霧中了

一九八三・錄自吳明興詩集《蓬草心情》
台北，采風出版社，一九八六年三月。

明說「回音」，實寫「寧靜」，雲自漂來花自開，人在山林中悠遊，鐘聲、經唱、鳥鳴和朝拜的善眾，共構成一幅自然美景。而詩人，儼然與山林眾生合一，物我合一又物我兩忘。

【詩選二】

山居

風總是不假邀約的橫來
先是推我虛掩的門
進而不假思索的讀我
未完成的詩草
再而無所用情的掀我
不繫的襟袂
然後不告而別
就好像什麼都沒發生過
甚至我的惆悵
以及他的無心

一九八三・錄自吳明興詩集《蓬草心情》
台北，采風出版社，一九八六年三月。

也是寫中居生活的寧靜和閑適，只有微風偶爾來訪，但風的來去也那麼自然，好事一切都沒事，本來亦無事。詩人在寂靜的山居生活寫詩，只有風來讀！沒有屬人的訪客！

《蓬草心情》是吳明興二十七歲之年出版的，在該書〈作者簡介〉有一段話證明詩人的早慧和成熟：「他以鄉土的台灣，民族的中國，人類的世界總綱創作範疇，以感性的直覺領受自然，以理性的知解剖析人文，筆涉形像與抽象理路，墨蘸意志與現象的本質，意欲藉詩以開顯存有的意義。」

如此透澈、深度和氣魄，相信是許多人可能五十、六十歲做不到，甚至是一輩子做不到！

26、范揚松

范揚松（一九五八—），台灣省新竹人，為稀有的詩人兼企業家雙棲角色。以曾拿過兩次「國軍文藝金像獎」長詩組金像獎，而大有名於詩壇，且搞定了他在詩壇的地位。通常有人拿一屆金獎已是不得了，他拿走兩屆金獎，詩壇上恐僅他一人。

范楊松出版的詩集有《俠的身世》、《帶你走過大地》、《木偶劇團》，其他企管行銷專書亦多（不述）。

【詩選】

尼山禮讚

一

東方的曲阜，奔騰萬道金光
迸射於莽莽荒地，讓混沌華夏
仰起黎明的額角待您的降臨
小小年紀，卻以千秋耿耿心志來
陳俎豆祭天地，慨然將萬端經緯
執您雙手以整理、增刪、述作
鳌劃出泱泱國風，萬世太平的新秩序
用顛沛、流離、苦難去播理想的種籽
將自己燃成煌煌燭炬，點亮
億萬深淵幽邃的人心，給生靈
遵循的道路、信仰的盤石
您清、您任、您和、啊啊——

歷史塑您為聖之時者的偉大典型

二

春秋後葉，中土分崩離析

……

五

巍巍乎！巍巍乎！聖之時者

您播種光明於黑夜，播種民本於板蕩

渾噩時空裡，您昂然為子孫塗抹曙色

讓生生世世自災難中撐直脊椎

去擘畫經營、去奮鬥、去追尋

大同篇的樂章

附註：本詩〈尼山禮讚〉，係參加香港孔聖堂第二屆詩聯比賽，獲冠軍獎作品，曾刊於《孔道專刊》第三期。詩評為：意境不俗，表現手法新穎可喜。

轉引范揚松詩集《俠的身世》

台北，采風出版社，一九八〇年五月四日

《俠的身世》詩集，出版於民國六十九年，詩人范揚松二十二歲，還是一個政大的學生。和許多大詩人一樣，最富有真性情的詩作，都是在早年最青春的歲月，寫下最熱情、感人的作品。

范揚松是詩人也是商人，但他是個「有祖國」的商人和詩人，很多人說「商人無祖國」，也有說「詩無國界」。范揚松不一樣，他在《俠的身世》後記，有一對聯形容自己：

滿座衣冠把酒悲歌其憂家國
參兩知己秉燭夜談何樂不為

此種豪情萬丈，俠氣干雲的生活是他所嚮往。對於詩、對於文學，范揚松也是認真的，他用政大文藝社一付對聯形容自己的文學觀：

文章萬古事，吐玉涵珠筆底見乾坤，
藝術豈有價？悲喜憂歡俱是真性情。

27、方飛白

方飛白（一九五八—），原名方清滿，台灣省澎湖人。因為是政大阿文系畢業，所以數十年工作都在阿拉伯世界各國，他的詩風充滿了「阿拉伯風」。

曾是《曼陀羅》詩社、《野薑花》詩社同仁。出版詩集有《青春路歸何處》、《紅海飄泊紅玫瑰》、《阿拉伯的天空》等。

【詩選一】

流浪而死：給夏溟

吾愛
我不死於老邁
我將死於流浪的山脈
讓黃昏深埋
吾愛
我不死於老邁
我將死於漂泊的塵埃
在空間去來

吾愛
我不死於家園
我將死於愛情的纏綿
化為星子點點
吾愛
我不死於家園
我將死於歲月的盤旋
幻成風沙捲捲

吾愛
我不死於傷感
我將死於孤獨的茫然
如秋後的曠野平淡
吾愛
我不死於傷感
我將死於飄雪的飛寒

像孤雁的北國蕭然

吉達・飄泊居。一九八四年七月三日原刊於《金字塔》
錄自方飛白詩集《阿拉伯的天空》，台北豪友出版社，
民國七十六年十月

「詩是我生命的註解」，在《阿拉伯的天空》後記，方飛白這麼說，說詩與他的人生。如果生命是一條河，有平靜的緩流，也必有激流、暗流，詩是詩人生命的記錄，喜悅時寫出柔美的情歌，憂鬱時便唱灰暗的輓歌。

詩人寫詩為記錄生命長河諸種風光，以留下宇宙間一粒微塵的短暫歷史。而關於永恆，似乎只有上帝和魔鬼才有資格去辯證。

「流浪」是方飛白的生命與生活，或許也是他的宿命，他是天生的流浪者。其實這正是詩人的本質，詩人和流浪者都是孤獨者，能使孤獨者暫時不孤獨，只有詩和愛情。

【詩選二】

貝都因人的家鄉

貝都因人的家鄉
白日裡
凝望一片黃沙
古老的駝鈴迴響
發射炎炎熱熱的艷陽
那是永恆的故鄉

貝都因人的故鄉
黃昏時
遙望一片金沙
古老的駝鈴迴響
閃耀金金黃黃的夕陽
那是壯麗的故鄉

貝都因人的家鄉
午夜後
瞭望一片黑沙

古老的駝鈴迴響
映照冷冷清清的月亮
那是神秘的故鄉

錄自方飛白詩集《阿拉伯的天空》
台北，豪友出版社，民國76年10月。

「貝都因人」據聞是濱臨滅絕的沙漠遊牧民族，因人口已極稀少，又與外界處於隔離狀態。因此外界對貝都因人始終很好奇，很想看看他們神秘的面紗。方飛白從青春到壯老，全在阿拉伯流浪，他也很有心探索各地古文明，接觸這些沙漠民族。萬一未來有一天這些稀有的遊牧民族消失了（各種原因），至少詩人留下相關作品，讓以後的地球人知道，地球上曾有一個沙漠遊牧民族，他們叫「貝都因人」。

28、台　客

台客（本名廖振卿，一九五一——）。長期（近二十年）主編《葡萄園》詩刊，全中國各省市都有他的粉絲，在兩岸文壇詩界都有很高知名度。無可質疑，他是現代中國著名詩人，他的作品也流傳在兩岸許多人心中。

台客也是勤勞的詩人，從一九九三年出版第一本詩集《生命樹》後，接著有《鄉下風光》、《故鄉之歌》、《繭中語》、《石與詩的對話》、《見震九二一》、《發現之旅》、《台客短詩選》、《星的堅持》、《與石有約》、《續行的腳印》、《歲月星語》、《種詩的人》等，共十三本詩集。

【詩選一】

那一夜，天搖地在動

那一夜，天搖地在動
一排排的屋宇
像一塊塊巧克力
不停地被擠壓
蹂躪、撕裂著
啊！轟然倒地

那一夜，天搖地在動
睡眼惺忪中

人群四處奔走呼嚎
磚牆、梁柱、門窗
一個個都成冷面殺手
向你襲擊

那一夜，天搖地在動
血，汩汩地流淌
流成兩千餘個問號
它們以血塊以殘肢
紛紛地追問
這世界究竟怎麼了？

原刊《葡萄園》詩刊第一四四期，
一九九九年冬季號。

「血，汩汩地流淌／流成兩千餘個問號」。一九九九年的「九二一」大地震，又叫集集大地震，全台死了二千多人。天地不仁啊！

大地震發生後，台客數次從台北開車前往草屯、集集、魚池、水里、中寮、南投等地查看災情，做成詳細記錄，於次年（二千年）出版《見震九二一》，為歷史留下見證。

【詩選二】

哀小販

像蒼蠅
成群麇集
在餐廳門口
在觀光地區
見到觀光客
緊緊黏附
半兜售
半哀求
一個眼神

一個動作
都能令他們
興奮、緊張

為爭一口飯
這些菲國的子民啊
他們的自尊
不及一隻蒼蠅

原刊《葡萄園》一四二期，一九九九年夏季號

刊在《葡萄園》詩刊（一九九九年夏季號）的作品，大約就是一九九九年台客旅遊菲律賓見聞詩作。距今不過二十三年前，可憐的菲律賓，可憐的子民，國家不幸，人民悲哀！

但大家可能不知道（因被洗腦），菲律賓在馬可仕執政時代，是全亞洲僅次於倭國（日本）的第二富國。但反對勢力在美國的支持策動下，以「自由、民主、人權」之名推翻馬可仕。從此以後，菲律賓就陷入動亂！再動亂！動亂！且成為毒品、犯罪大國！

一個社會始終在動亂！動亂！動亂！其結果就是經濟垮了！各行各業都垮了。大家都貧窮！貧窮！在學術界有個專有名詞叫「菲律賓化」，就是指菲律賓從富有走向貧窮的模式。今之台灣也有「菲律賓化」現象，深值我們警惕。

29、綠　蒂

綠蒂（本王吉隆，一九四二—）。台灣省雲林縣北港鎮人，父親也是著名詩人。綠蒂在一九六〇年時才十九歲，就出版了處女詩集《藍星》，並出任中國青年詩人聯誼總幹事。

次年二十歲，從田湜手中接下《野風》文藝月刊主編，同年又創辦《中國新詩》雜誌和《長歌出版社》。再次年（一九六二）又創辦《野火》詩刊，隔年出版第二本詩集《綠色的塑像》。從此以後，一發不可收拾，成為兩岸著名詩人。成為「永遠的中國文藝協會理事長」。可詳見拙著《觀自在綠蒂詩話—無住生詩的漂泊詩人》，由台北文史哲出版社出版（二〇一九年十月）。

【詩選一】

玫瑰夢

一朵盛開　就佔據了整個花園

一朵凋謝　就冬眠了所有意象

玫瑰的芬芳
是最親蜜的引領
讓我從不在歸途的月光中迷失

燃燒激情的篝火
飛灰煙滅於城垛的邊緣
最鍾愛的溫柔
也只有一夜纏綿
我的靜默無言
是神也無法赦免的孤獨

反射在鏡中的
凍結在冰雕內的
封印了你若即若離的美麗

含苞的或剛綻放的

就如你　微閉或微張的唇
遐思了無盡的風情

簇擁在華美花瓶中的你
反覆詢問
堪折與不須折的界足
為何總將瞬間誤讀成永恆

愛因不持久而持久
夢想　因不真實而真實

原刊《秋水》詩刊第一八九期，二〇二一年十月。

把玫瑰花比喻成女人或情人，是很貼切的。但詩人的讚美頗有古今相輝映的絕，「一朵盛開　就佔據了整個花園」，即是說有了一個楊貴妃，後宮三千粉黛無顏色；「一朵凋謝　就冬眠了所有意象」，似乎死了一個楊貴妃，唐朝再無美女！

詩人把玫瑰比喻成夢中情人。「最鍾愛的溫柔／也只有一夜纏綿……就如你微開或微張的唇／遐思了無盡的風情」。據說，每個男人心中都有一個「夢中情人」（真有或想像皆可），這是男性生理需求的一部份，一再「檢驗」似乎有理。

綠蒂的作品始終保持清新典雅風，也善於創造新句法。如這詩的收尾，「愛因不持久而持久／夢想　因不真實而真實」。愛情如果像婚姻可以持續五十年，愛情就不美麗，且敬而遠之；夢想如果像吃飯，天天都在吃，誰還會有夢想？

【詩選二】

顏　色

櫻桃嫣紅　因春
芭蕉翠綠　因雨

夕陽晚紅了沙漠
長日湛藍了海洋

雲飄逸而白
雪純粹而白

玫瑰因愛而紅
歌因悦衆而紅

哀衿是高貴的色彩
諂媚是卑鄙的顏色

月色淒白了你的哀傷
狂濤暗黑了風的憤怒

雪白　鴿子白　野百合也白
天藍　貓眼藍　我的星也藍

灰濛的歸程
滄桑了古道流失的歲月
償還給原鄉初心的顏色

我在淡泊中
孤寂成遺世獨立的島嶼

詩　在遠方禪坐
坐成無色無相的隱喻

原刊《秋水》詩刊第一九〇期，二〇二二年元月。

在正常的構句中，抽象名詞如晚紅、湛藍、淒白、暗黑、滄桑等，不會接「了」的用法。但這首詩刻意用這種構成詞句，「夕陽晚紅了沙漠／長日湛藍了海洋」，「淒白了、暗黑了、滄桑了」。如此，有強調效果，並有動態的因果關係。

例如，夕陽（因）↓晚紅了沙漠（果）；長日（因）↓湛藍了海洋；月色（因）↓淒白了你的哀傷；狂濤（因）↓暗黑了風的憤怒。當然，詩有很多解讀，暗示萬事萬物都有因緣、因果關係，亦主要意涵。

最後「我在淡泊中／孤寂成遺世獨立的島嶼」，也是我為他寫的文學回憶錄《觀自在綠蒂詩話》意象縮影。他一輩子追求成為一個純粹的詩人，不斷創造最好的詩章，追求高峰！

然而，「詩　在遠方禪坐／坐成無色無相的隱喻」。詩，遠在天邊，無色無相，看不到摸不著，如何「捉住它」，放入自己的詩集，是每個詩人頭痛的問題。

陳福成著作全編總目

壹、兩岸關係

①決戰閏八月
②防衛大台灣
③解開兩岸十大弔詭
④大陸政策與兩岸關係

貳、國家安全

⑤國家安全與情治機關的弔詭
⑥國家安全與戰略關係
⑦國家安全論壇。

參、中國學四部曲

⑧中國歷代戰爭新詮
⑨中國近代黨派發展研究新詮
⑩中國政治思想新詮
⑪中國四大兵法家新詮：孫子、吳起、孫臏、孔明

肆、歷史、人類、文化、宗教、會黨

⑫神劍與屠刀
⑬中國神譜
⑭天帝教的中華文化意涵
⑮奴婢妾匪到革命家之路：復興廣播電台謝雪紅訪講錄
⑯洪門、青幫與哥老會研究

伍、詩〈現代詩、傳統詩〉、文學

⑰幻夢花開一江山
⑱赤縣行腳・神州心旅
⑲「外公」與「外婆」的詩
⑳尋找一座山
㉑春秋記實
㉒性情世界
㉓春秋詩選
㉔八方風雲性情世界
㉕古晟的誕生
㉖把腳印典藏在雲端
㉗從魯迅文學醫人魂救國魂說起
㉘六十後詩雜記詩集

陸、現代詩（詩人、詩社）研究

㉙三月詩會研究
㉚我們的春秋大業：三月詩會二十年別集
㉛中國當代平民詩人王學忠
㉜讀詩稗記
㉝嚴謹與浪漫之間
㉞一信詩學研究：解剖一隻九頭詩鵠
㉟囚徒
㊱胡爾泰現代詩臆說
㊲王學忠籲天詩錄

柒、春秋典型人物研究、遊記

㊳山西芮城劉焦智「鳳梅人」報研究
㊴在「鳳梅人」小橋上
㊵我所知道的孫大公

(41)為中華民族的生存發展進百書疏
(42)金秋六人行
(43)漸凍勇士陳宏

捌、小說、翻譯小說

(44)迷情・奇謀・輪迴、
(45)愛倫坡恐怖推理小說

玖、散文、論文、雜記、詩遊記、人生小品

(46)一個軍校生的台大閒情
(47)古道・秋風・瘦筆
(48)頓悟學習
(49)春秋正義
(50)公主與王子的夢幻、
(51)洄游的鮭魚
(52)男人和女人的情話真話
(53)台灣邊陲之美
(54)最自在的彩霞
(55)梁又平事件後

拾、回憶錄體

(56)五十不惑
(57)我的革命檔案
(58)台大教官興衰錄
(59)迷航記、
(60)最後一代書寫的身影
(61)我這輩子幹了什麼好事
(62)那些年我們是這樣寫情書的
(63)那些年我們是這樣談戀愛的
(64)台灣大學退休人員聯誼會第九屆理事長記實

拾壹、兵學、戰爭

(65)孫子實戰經驗研究
(66)第四波戰爭開山鼻祖賓拉登

拾貳、政治研究

(67)政治學方法論概說
(68)西洋政治思想史概述
(69)中國全民民主統一會北京行
(70)尋找理想國：中國式民主政治研究要綱

拾參、中國命運、喚醒國魂

(71)大浩劫後：日本311天譴說
日本問題的終極處理

拾肆、地方誌、地區研究

(72)台大逸仙學會
(73)台北公館台大地區考古・導覽
(74)台中開發史
(75)台北的前世今生
(76)台北公館地區開發史

拾伍、其他

(77)英文單字研究
(78)與君賞玩天地寬（文友評論）
(79)非常傳銷學
(80)新領導與管理實務

2015 年 9 月後新著

編號	書　　名	出版社	出版時間	定價	字數(萬)	內容性質
81	一隻菜鳥的學佛初認識	文史哲	2015.09	460	12	學佛心得
82	海青青的天空	文史哲	2015.09	250	6	現代詩評
83	為播詩種與莊雲惠詩作初探	文史哲	2015.11	280	5	童詩、現代詩評
84	世界洪門歷史文化協會論壇	文史哲	2016.01	280	6	洪門活動紀錄
85	三搞統一：解剖共產黨、國民黨、民進黨怎樣搞統一	文史哲	2016.03	420	13	政治、統一
86	緣來艱辛非尋常－賞讀范揚松仿古體詩稿	文史哲	2016.04	400	9	詩、文學
87	大兵法家范蠡研究－商聖財神陶朱公傳奇	文史哲	2016.06	280	8	范蠡研究
88	典藏斷滅的文明：最後一代書寫身影的告別紀念	文史哲	2016.08	450	8	各種手稿
89	葉莎現代詩研究欣賞：靈山一朵花的美感	文史哲	2016.08	220	6	現代詩評
90	臺灣大學退休人員聯誼會第十屆理事長實記暨 2015～2016 重要事件簿	文史哲	2016.04	400	8	日記
91	我與當代中國大學圖書館的因緣	文史哲	2017.04	300	5	紀念狀
92	廣西參訪遊記（編著）	文史哲	2016.10	300	6	詩、遊記
93	中國鄉土詩人金土作品研究	文史哲	2017.12	420	11	文學研究
94	暇豫翻翻《揚子江》詩刊：蟾蜍山麓讀書瑣記	文史哲	2018.02	320	7	文學研究
95	我讀上海《海上詩刊》：中國歷史園林豫園詩話瑣記	文史哲	2018.03	320	6	文學研究
96	天帝教第二人間使命：上帝加持中國統一之努力	文史哲	2018.03	460	13	宗教
97	范蠡致富研究與學習：商聖財神之實務與操作	文史哲	2018.06	280	8	文學研究
98	光陰簡史：我的影像回憶錄現代詩集	文史哲	2018.07	360	6	詩、文學
99	光陰考古學：失落圖像考古現代詩集	文史哲	2018.08	460	7	詩、文學
100	鄭雅文現代詩之佛法衍繹	文史哲	2018.08	240	6	文學研究
101	林錫嘉現代詩賞析	文史哲	2018.08	420	10	文學研究
102	現代田園詩人許其正作品研析	文史哲	2018.08	520	12	文學研究
103	莫渝現代詩賞析	文史哲	2018.08	320	7	文學研究
104	陳寧貴現代詩研究	文史哲	2018.08	380	9	文學研究
105	曾美霞現代詩研析	文史哲	2018.08	360	7	文學研究
106	劉正偉現代詩賞析	文史哲	2018.08	400	9	文學研究
107	陳福成著作述評：他的寫作人生	文史哲	2018.08	420	9	文學研究
108	舉起文化使命的火把：彭正雄出版及交流一甲子	文史哲	2018.08	480	9	文學研究

109	我讀北京《黃埔》雜誌的筆記	文史哲	2018.10	400	9	文學研究
110	北京天津廊坊參訪紀實	文史哲	2019.12	420	8	遊記
111	觀自在綠蒂詩話：無住生詩的漂泊詩人	文史哲	2019.12	420	14	文學研究
112	中國詩歌墾拓者海青青：《牡丹園》和《中原歌壇》	文史哲	2020.06	580	6	詩、文學
113	走過這一世的證據：影像回顧現代詩集	文史哲	2020.06	580	6	詩、文學
114	這一是我們同路的證據：影像回顧現代詩題集	文史哲	2020.06	540	6	詩、文學
115	感動世界：感動三界故事詩集	文史哲	2020.06	360	4	詩、文學
116	印加最後的獨白：蟾蜍山萬盛草齋詩稿	文史哲	2020.06	400	5	詩、文學
117	台大遺境：失落圖像現代詩題集	文史哲	2020.09	580	6	詩、文學
118	中國鄉土詩人金土作品研究反響選集	文史哲	2020.10	360	4	詩、文學
119	夢幻泡影：金剛人生現代詩經	文史哲	2020.11	580	6	詩、文學
120	范蠡完勝三十六計：智謀之理論與全方位實務操作	文史哲	2020.11	880	39	戰略研究
121	我與當代中國大學圖書館的因緣（三）	文史哲	2021.01	580	6	詩、文學
122	這一世我們乘佛法行過神州大地：生身中國人的難得與光榮史詩	文史哲	2021.03	580	6	詩、文學
123	地瓜最後的獨白：陳福成長詩集	文史哲	2021.05	240	3	詩、文學
124	甘薯史記：陳福成超時空傳奇長詩劇	文史哲	2021.07	320	3	詩、文學
125	這一世只做好一件事：為中華民族留下一筆文化公共財	文史哲	2021.09	380	6	人生記事
126	龍族魂：陳福成籲天錄詩集	文史哲	2021.09	380	6	詩、文學
127	歷史與真相	文史哲	2021.09	320	6	歷史反省
128	蔣毛最後的邂逅：陳福成中方夜譚春秋	文史哲	2021.10	300	6	科幻小說
129	大航海家鄭和：人類史上最早的慈航圖證	文史哲	2021.10	300	5	歷史
130	欣賞亞媺現代詩：懷念丁穎中國心	文史哲	2021.11	440	5	詩、文學
131	向明等八家詩讀後：被《食餘飲後集》電到	文史哲	2021.11	420	7	詩、文學
132	陳福成二〇二一年短詩集：躲進蓮藕孔洞內乘涼	文史哲	2021.12	380	3	詩、文學
133	中國新詩百年名家作品欣賞	文史哲	2022.01	460	8	新詩欣賞

陳福成國防通識課程著編及其他作品

（各級學校教科書及其他）

編號	書　　　　　名	出版社	教育部審定
1	國家安全概論（大學院校用）	幼　獅	民國 86 年
2	國家安全概述（高中職、專科用）	幼　獅	民國 86 年
3	國家安全概論（台灣大學專用書）	台　大	（臺大不送審）
4	軍事研究（大專院校用）（註一）	全　華	民國 95 年
5	國防通識（第一冊、高中學生用）（註二）	龍　騰	民國 94 年課程要綱
6	國防通識（第二冊、高中學生用）	龍　騰	同
7	國防通識（第三冊、高中學生用）	龍　騰	同
8	國防通識（第四冊、高中學生用）	龍　騰	同
9	國防通識（第一冊、教師專用）	龍　騰	同
10	國防通識（第二冊、教師專用）	龍　騰	同
11	國防通識（第三冊、教師專用）	龍　騰	同
12	國防通識（第四冊、教師專用）	龍　騰	同

註一　羅慶生、許競任、廖德智、秦昱華、陳福成合著，《軍事戰史》（臺北：全華圖書股份有限公司，二〇〇八年）。

註二　《國防通識》，學生課本四冊，教師專用四冊。由陳福成、李文師、李景素、頊臺民、陳國慶合著，陳福成也負責擔任主編。八冊全由龍騰文化事業股份有限公司出版。